ベリーズ文庫

溺あま御曹司は甘ふわ女子にご執心

望月いく

STARTS
スターツ出版株式会社

目次

溺あま御曹司は甘ふわ女子にご執心

命短し、痩せよ乙女

私が歩けば、すれ違う人みんなが振り返る。男の人も、女の人も、お年寄りも、子供だってみんな、二度見して嬉々とした表情で噂する。

『今日、すごい子見たよ』って。

今日も私はそんな周りから向けられる好奇の眼差しの中を、必死で通り抜けた。

「あ、加奈子《かなこ》！」

すでに待ち合わせ場所に立っている友人へ向かって駆けていく。走るスピードはかなり遅いけれど、これでも私の全速力だ。

「陽芽《ひめ》！　珍しいじゃん、遅刻なんて。なにかあったわけ？」

「いやー、スカートがなかなか入らなくて……。しょうがないから、ちょちょぃと細工をね」

そう言って、ちらりとリクルートスーツのジャケットの端を上げてみせた。タイトスカートのスナップの位置を急遽移動させて、少しだけウエストを広めにしたのだ。そんな私のお腹は、まるで玄関のたぬきの置物のように、ポーンと張っている。

「あーあ、大変だったね。朝から」

「おかげで朝ごはん抜き。キツいよぉ」

「まぁ我慢しなさい。そのお腹に備蓄かかえてるんだから。帰りにどっか寄っていこうよ」

加奈子はそう言って優しく私の背中を叩く。私は『しょうがないか』とあきらめ、空腹なのに丸々としているお腹をさすった。

身長百五十八センチ、体重九十七キロ、BMI三十八オーバー。

そう。私は、見ても聞いてもわかる通り、超ド級のメタボなのである。

小学生の頃からずっと丸々とした体型をキープしてきたおかげで、周りからヒソヒソと噂されることにはもう慣れた。

周りの視線を感じつつも、なんてことはないとしれっとした顔で、加奈子と受付へ向かった。

「すみません、受付お願いします」

受付の人は顔を上げて私を見ると、一瞬、唖然とした表情になった。そしてハッと我に返ると、「ええっと、お、お名前は……」と慌て気味に手もとの紙をめくり出す。

「佐伯《さえき》陽芽です」

「さえき、ひめさん……ですか」

どこからか「ひめ？　マジで？」と笑う声が聞こえる。受付の人だって肩が小さく震えるのを隠せていない。なんとかやっと表から私の名前を探し出せた彼は、チェックを入れた。

その後、加奈子が「宮野《みやの》加奈子です」と自分の名前を告げ、彼はそれにもチェックを入れる。

「こちら、今回の説明会の資料です」

「ありがとうございます！」

笑顔で受け取ると、加奈子とともに会場へと足を進めた。

あーあ、調整したけどやっぱりこのスカートキツい……。でも、しょうがないよね。市販で私にぴったり合う服なんてほとんどないんだもん、限界がある。

こんな格好で参加者が集まる人ごみの中に入っていくなんて、私にしてみたら戦場に赴くようなものだ。深呼吸をして、その中へ乗り込んでいく。自分の足音が『ドスドス』と響いている気がした。

会場に向かう扉の前は、参加者の学生で人だかりができている。右も左も前もうしろも人に囲まれ、肉が全方向から押されて圧迫される。

苦しいー！　息するのもギリギリだよー。みんな私のことすっごい邪魔そうに見ていくし……。私だって、嫌がらせしたいわけじゃないよ。でも、私も同じところに行きたいからしょうがないんだってば。

なんとか目的の会場に到着し、席に着く。するとお約束のように、手すりの片方にお尻が乗っかった。

「あう、まただ」

「陽芽、大丈夫？　押そうか？」

「だいじょぶだいじょぶ。今回は自分でできそうだから」

決して初めてではない出来事に、私は苦笑いを浮かべる。

これ大変なんだよねー、と思いながら、ぐいぐいとお尻を動かしてなんとか座ることができた。

あぁ、これじゃ簡単には立ち上がれないなぁ、と思いながら、ため息をついた。

「見た？　前の奴、すげーの。椅子にハマんないんだぜ？」

「マジで？　うわ、あれはないわー」

背後から、そんな男性同士のやりとりが聞こえてきた。横で加奈子は「最低」と小さい声で悪態をつく。私はそれにも苦笑しつつ、優しい彼女に心の中で感謝を返した。

隠れたいけど、隠せる体じゃないからしょうがない。

昔から、こんなふうに笑われるのは日常茶飯事だった。もちろん多少傷つくけれど、必要以上に気にしないスキルは身につけているから大丈夫。

「加奈子、私また一番目立ってるね。きっと、人事の社員さんにも注目されてるかも」

「そうだね、きっと今日は陽芽の噂で持ちきりだ」

調子よく合わせてくれた加奈子と顔を見合わせ、ふたりでふふ、と笑った。

私が傷つかないために身につけたスキルはこれ。とにかく明るく、欠点もみんなと一緒に笑ってしまえ。このスタイルをあえて、自分の武器にするんだ。ある意味、一番目立つ方法で。

いつからか、それが私流の防御方法になっていた。だから私はこの体型をいじられることこそあれ、友達がいないわけじゃないし、いじめられていたわけでもなかったのだ。

「皆さん、お集まりいただきありがとうございます」

司会者が演壇に登場し、まもなく説明会が始まることを伝える。私は演台に向き直り姿勢を正した。

あー、椅子もスカートもキツくて苦しい。でも、数時間の辛抱だ。帰りに履き替えるゴムウエストのパンツは鞄に入ってるから、終わったら速攻着替えなきゃ！

「本日は、『富士崎製菓《ふじさきせいか》』の企業説明会にご参加くださり、誠にありがとうございます。まず、社長の富士崎誠《まこと》より、ご挨拶があります」

司会者の女性の言葉で、説明会は始まった。

今日私が来たのは、富士崎製菓という大手製菓会社の説明会だ。就職先を考える参考にと、加奈子を誘って参加することを決めた。

製菓会社っていいよね。お菓子食べ放題、だなんて子供みたいなことは考えないけれど、試作品の試食とか、限定品が特別に買えたりとか、いろんな特典がありそうだもん。

もちろん、説明会に来た理由はそれだけではない。

以前、うちの学校の卒業生を集め、その人たちの就職先である会社が実際どんな雰囲気なのか、説明してくれるというイベントがあった。

そのとき、この会社では研修期間がしっかり設けられていること、そして、社内のすべての部署の流れをひと通り学び適性に合わせて振り分けてもらえる、という話を聞いた。

人によっては、入社して間もない頃から商品開発部などで働くこともできるのだという。

自分に向いている仕事をやらせてもらえるなんて、素敵だなぁとそのとき強く惹かれた。なにより『自分たちの作った商品で喜ぶお客様の姿を身近に感じられるのは、最高だ』という言葉で、私はこの会社に興味を持ったのだ。

説明と質疑応答を終え、次は社内見学。私たちは幾つかのグループに分かれ、移動することになった。

うう｜。正直、ウエストは限界。これでさらに歩くなんて……、私耐えられるの？でも、倒れたって誰も助けられないし。

がんばるしかない！と自分を奮い立たせ、私はなんとか立ち上がった。

「ではこちらのグループの皆さんは、私の後についてきてください」

案内役の女性の指示に従い、私たちは出口のある前方へと向かう。

すると、うしろの列に座っていた人が私たちを押しのけ、我先にとやって来る。

「どけ、デブ」

私を押しのけるとき、そんな言葉が聞こえた気がした。

彼は私の隣にいた加奈子にもぶつかる。それにより彼女の体はふらつき、私のもとへと倒れ込んだ。

私が倒れたら、大惨事になるっ！　それだけはなんとしても阻止しなきゃ！

必死の思いで足を踏ん張り、加奈子の体を支える。座席にもたれることになったけれど、なんとか転ばずに済んだ。

「ごめ……っ、陽芽、大丈夫？」

「大丈夫……、私この通り丈夫だから！　それより加奈子は？　足はくじいてない？　痛いところは？」

「どこも痛くないよ、心配ないから」

ちらりと見上げると、押しのけていった男の子はバツの悪そうな顔をしている。周りの子も、迷惑そうに彼を眺めていた。それはもちろん、社員である案内役の人も。

あの人、たぶんココは受けても通らないだろうな。

勝手な予感は胸にとどめ、私は体勢を整える。そのとき、右の足首にズキンと鋭い痛みが襲った。

え、どうしよう。今ので私の方が痛めたみたい……。でも、今更言えないし。グループの人たちはみんな進んでるし……。

なんとか歩けるよね、というか、歩くしかない！と痛みをごまかし、先を急いだ。

けれど、ただでさえ足に負荷のかかる体型だから、痛みはさらに増すばかり。しかも、ウエストを締めつけているがゆえに、吐き気までもよおしてくる。

うぅ、気持ち悪い……。でも、倒れるわけにはいかないよ。だってそんなことになったら、周りに迷惑かかるもん。

ドミノ倒しにならないように、せめて端の方にいなきゃと列から少し距離を取る。

あと少し。耐えて、耐えて……。

そうやって暗示を繰り返し、一歩一歩進む。すると案内役の女性が急に立ち止まり説明を始める。そのせいで、グループのみんなも急に足を止めなくてはいけなくなった。それが、うしろの方へと伝わるわけもなく。うっかりしていた誰かが、ドンと私の背中に激しくぶつかる。

ただでさえ意識は限界値。足も痛めていた私は、無様《ぶざま》にその場に転がった。

「陽芽⁉」という加奈子の声が聞こえる。

あー、本当に列から離れててよかった。誰も下敷きにしなくて済んだんだもん。

私は心配してくれる加奈子に向かって、へらっと笑ってみせた。

「あ、だいじょぶ、だいじょぶ……。私、お肉クッション、あるからぁ……」

明るく答えたつもりだけれど、力が入っていないことくらいわかっている。

足に痛みが走り、うまく立ち上がれない。早く戻らないと邪魔になっちゃうのに。誰も助けてはくれないのに。どうしよう。立てないよ……。

若干パニックになり、私は涙が出かかった瞳を強く閉じた。

「君、大丈夫？」

頭上からそんな声が聞こえ、顔をなんとか上げてみると、男の人が心配そうに覗き込む姿が目に入る。

百八十センチ近い身長に、上品に着こなしたスマートなスーツ。軽くつり上がっているけれど柔和《にゅうわ》さを感じる瞳に、なぜか安心感がわき起こる。通った鼻筋や薄い唇は、そこらへんの女性よりもずっと綺麗で整っている気がした。

若く見えるけれど、戸惑いなく私に近づき声をかけてくれた彼の姿はまるで、スーツを着た救世主みたいに思える。

「立てそう？　担架《たんか》持ってこようか？」

「あ、いえ……、肩貸してもらえれば、大丈夫かと……」

「了解」

彼はためらうこともなく私の腕を肩に担ぎ、「行くよ？」と言って、カウントを始めた。

「三、二、一……！」

　その途端、勢いよく体が持ち上がる。

　すごい。私の体をこんなにスムーズに立ち上がらせるなんて。

　まだ体力が戻っていない私は、彼の体に体重をかけてなんとか姿勢を保っている状態だった。

　それでも揺らぐことのない彼の体は、かなりの筋肉を持ち合わせているのだろう。

「俺はこの子を連れていくので、あとをお願いします。……君、平気？　今から医務室行くから、もう少しがんばって」

　そう言うと彼は私の背中を押しつつ、廊下を進んでいった。私も彼に合わせ、足を一歩一歩進める。

　苦しいのに、なんだか安心する。助けにきてもらっただけで、ホッと気が抜けてしまった。おかげで私の体重のかなりの部分が、彼の体にかかっていることだろう。

「ごめんなさい……、私、重くて。あなたのこと……つぶしちゃったら、すみません」

「はは。俺、そこまでか弱くないよ。ほらケガしてるんだから、そんな気は回さなくていいから。あと少し、がんばれ」

　か弱くなくても、九十キロを優に超える体を支えるなんてかなりキツいに違いない。

彼の身長は一般男性よりも高く、私は彼の腰あたりに腕を回している。体型はどちらかと言えばスリムな方だけれど、それでも触れる体からは、私とは違う男性的な筋肉を感じた。私を支える腕も、細いけれど適度に鍛えあげられているように思える。

あー、今更だけど最悪。こんなかっこよくて、すらっとしてるイケメンさんに担がれるなんて……。自分のデブさを強調してるようなもんじゃないの。

そう悩んでも後の祭り。私が悶々としている間に、気づけば医務室に到着していた。

扉を開けたけれど、そこに人はいない。どうやら担当の人は不在だったらしい。

「留守か……。とりあえずベッドで休もう」

そう言うと彼は私をベッドに座らせ、なにかを探しに行ってしまった。

「たぶん、この辺りに……」

彼が探し物をしている間に、スカートのフックをひとつはずさせてもらった。これでもまだキツいけれど、さっきに比べればかなり楽だ。

「あった、これこれ」

男性は手にテープを握って私のもとへ戻ってきた。彼は私の足もとに跪《ひざまず》き、ためらうことなく私の右足からパンプスを脱がす。

「え？　なっ！」

「足、痛めてるでしょ」

「た、たしかにそうですけどっ……」

彼は優しく私の足に触れる。そのままゆっくりと右や左に足を動かしていると、ある一点で鋭い痛みが私を襲った。

「痛ぁーっ‼」

「あぁ、ここだね。結構痛そうだな、大変だったでしょ」

彼は私の足をさらにまじまじと見て、急に眉根を寄せてしまう。

「このストッキング、ガータータイプ？」

「え？　ち、違いますけど……」

「そうかぁ……。じゃ、脱がせていい？」

「はぁっ⁉」

彼は妖しげな上目遣いで、突飛な言葉を投げかける。

思いも寄らない発言に私は顔を真っ赤にさせ、大口を開けたまま驚愕《きょうがく》の表情を彼に向けた。そんな様子を、彼は悪戯《いたずら》っ子の微笑みで見上げてくる。

「冗談だよ。脱いでもらわないとテープ巻けないからさ。カーテン閉めとくから、お願いしてもいいかな？　ゆっくりでいいよ」

そう言うと彼は立ち上がり、ひらひらと手を振りながらカーテンの向こうへと消えていった。

この人、絶対に遊び慣れてる……！　そうでなきゃ、あんな軽い台詞さらっと出てこないでしょ！　確実に乙女の敵だ、……って、自分は乙女ってキャラではないけどさ。

私は頬を膨らませながら、慌て気味にストッキングを脱いだ。

規格外サイズのストッキングはネット注文でまとめ買いしたもの。それでさえ私にとってはキツいのだから、はずしたらホッと息がつけた。

「もう入っていいかな？」

「あ、はい。どうぞ！」

カーテンを開けて中に入ると、彼は私の足もとに再びしゃがみ込む。

「ちょっと失礼」と言って、右足を手に取ると、彼はそれを自分の膝にのせた。

「ちょっ……」

「すぐ済むから、待ってて」

彼は手際よく、私の足首にテープを巻いていく。

でも私は彼の手の動きよりも、上げた足の隙間から下着が見えないかって、そんなことばかり気にしていた。

あ、でも大丈夫か。だって下着よりも手前に太ももが立ちはだかってるんだもん。

それでも、きわどいところまで見えているだろうと思うと、恥ずかしくてならない。

なんと言ったって、普段より短めのスカートが、足を上げたことでさらに持ち上げられているのだ。

あんまり、見ないでくれてるといいなぁ……。

私は体をこわばらせ、終わるのを待った。

「足、もっとちゃんとのせていいよ。これくらいならしっかり支えられるから」

そう言って、彼は私に優しい笑顔を向けてくれた。屈託のないその表情を見ただけで、彼の人のよさが伝わってくる。

「さっきはごめんね。男ならさらっと抱き上げてあげたかったんだけど……。俺も、もう少し鍛えないとな」

「そ、そんなことないです！　むしろ私の方が……、もっと女の子らしい体型だったらよかったんです。ごめんなさい」

謝らせてしまい、恐縮する。普段なら、『私のこと抱き上げられるなんて、レスラーかお相撲さんですよー！』って冗談めかして笑ってしまうところだ。

でも、彼の言葉は本気に聞こえた。もしかしたらこの人は、本当に私が『抱きかかえて』と頼めば、無理してでもかかえようとするのかもしれない。そんな気がした。

「体、結構筋肉質ですけど、どこかで鍛えていらっしゃるんですか？」

「たまにジムに行くくらいかな。でも最近は、仕事が忙しくて行けていないんだ。あとは、休みの日たまに昔の部活仲間とバスケしたりとか……」

彼の言葉に、私の中である考えが導き出される。

「もしかして、バスケ部だったんですか？」

「うん、そう。中学、高校とね」

「やっぱり！　ぴったりですね！」

長身、筋肉質、俊敏でフットワークが軽い。なによりこのテーピングを巻く手際のよさ！　これらすべて、元バスケ部ということなら納得だ。

「ぴったりって……。なに、俺そんなにバスケ部っぽい？」

「っぽいです。見た目とか、雰囲気とか！」

「そうか。じゃあ君は……そうだな、インドア系？」

「その通り、正解です！　……って、そりゃわかりますよね、この体型見れば！」

私が「あははっ」と声をあげて笑うと、彼は微笑みながら首を横に振った。

「違うよ、それこそ雰囲気。ゆったりしてて、明るい感じだから、運動っていうより文化部の方が向いてそうだなと思っただけ」

彼のその言葉に、驚き口をつぐんでしまう。

そんなふうに言ってくれる人がいるんだ。初めに女の敵と決めてかかってしまった自分が恥ずかしくなった。

この人は見た目とか関係なく、偏見を持たずに話してくれてるのに。私はといえば、言われてもいない体型のことを卑下してばかり。

体型でなんでも笑いに変えれば、それでコミュニケーションは成り立つと思っていた。でもそれは、相手の素直な思いを否定することになるかもしれないのだ。

「あの……、嫌な気持ちにさせてしまってたらごめんなさい。あなたのことを疑ってるわけではなかったんです」

私も正直に思いを伝えると、彼は顔を上げ「わかってるよ」と笑みを浮かべた。

その笑顔に胸が温かくなる。笑った顔を見ると自分も楽しくなるけれど、こんなに幸せな気持ちになったのは初めてだ。

「インドアといっても、読書も苦手ですし、絵や楽器も上手じゃなくて。しいて言えば、手芸ですかね……」

「へぇ、すごいじゃん」

「一応、これも私が作ったんです」

私はそう言って、スマホに付けているイヤホンジャックの飾りをはずし、それを掲げて見せた。

「え？　売り物じゃないの、コレ。すごいね」

彼はテープを巻く手を止め、私の作品をまじまじと見て、そう感嘆の声をあげた。

「このプラスチックみたいに固めているのは、どうやってるの？」

「それはＵＶレジンで……。ＵＶライトをあてて硬化させるんです。中のはマスキングテープとラメマニキュアで……。レジンは溶けなければお菓子とかも材料にできるんですよ。アイシングクッキーとか、ビスケットとか……」

彼はうなずきながら聞いてくれる。私はつい夢中で話を続けてしまった。

「……って、すみません、私ばっかり話しちゃって」

「いや、初めて聞くことばかりで勉強になったよ。おもしろいね、自分が知らないことを趣味にしてる人の話っていうのは」

彼は笑顔でつぶやきつつ、最後の仕上げでテープの端を切り落とした。

「よし、これで多少歩きやすくなったと思うよ。あとからまた、ちゃんと冷やしてね」

彼が巻いたテーピングはしっかりしていて、動かしても痛みが少ない。さすが慣れてる人は違うなと尊敬の念を抱いた。

処置を終えた彼は、私の足をゆっくり下ろすとスッと立ち上がった。すらりしたスタイルで、女性も見惚れてしまうくらい、美しい。

「どうする？　このまま見学続ける？　ほかにもなにかあれば……」

――ぐ、ぐうぅ
そのとき、私の腹の虫が盛大な鳴き声をあげた。

慌ててお腹を押さえるけれど、それで音が収まるわけもなし。『ぐるる、ぐうぅ』というめき声みたいな音の後は、容赦ない沈黙が私を襲った。

「……ぶふっ！」

彼は口に手をあてながら、体をプルプル震わせている。

「……もう！　笑うなら思い切り笑ってくださいよ！」

「ごめ……、初めは笑っちゃいけないと思ったんだけど、あまりにすごすぎて……」

彼はまだ少し笑いをこらえたまま、「ちょっと待ってて」と言って、部屋を出ていった。

「近くにはこんなのしかなかったんだけど、よかったら食べて」

戻ってきた彼はそう言って、袋に入ったパンを差し出してくれた。見ているだけで、どんどん空腹感が増していく。

私は「ありがとうございます！」と言って、慌て気味に封を開けパンにかぶりついた。

「ん～、お腹にしみていく～」

食べ始めたら止まらなくて、無我夢中でパンを食べてしまった。

「おいしそうに食べるね」

「え？」

視線を上げると、彼がハニカミつつ見つめていたことに気がつく。

まさか見られているとは思わなかったから、モグモグと動いていた口もとを隠し、視線を膝へと逸らした。まだ、心臓はドキドキと速く音を立てている。

「ちょっとお腹は落ち着いたかな。足の方はどう？　見学続ける？」

「いいえ、この足ではついていくのも大変ですし……。おおまかな話は聞けたので、もう帰ろうかと思います」

「そっか。じゃあ、玄関まで送っていくよ」

そう言って彼は、私の方へ当然のように左の手のひらを差し出した。

見慣れない行為に頭をひねり、うかがうように首を傾けてみせた。

「なんですか？」

「なにって。ほら、つかまって。それとも、もう少し休んでいく？」

まさかそんなことをされるとは思わず、私は目を丸くする。女性扱いは、今まで受けたことがなかった。

「だ、大丈夫です！　ひとりで立てます」

「さっき倒れたばっかりなんだから危ないよ。ほら、遠慮せず」

「で、でも私重いですから！　絶対共倒れしちゃう……」

「大丈夫。俺もそれくらいの力はあるんだから」

『本当に？』と尋ねるように、彼の表情をうかがう。彼は温かい微笑みを浮かべ、しっかりとうなずいた。

「俺を信じて」

さらに手を差し伸べられ、私も覚悟が決まった。恐る恐る右手を出し、彼の手にそっと重ねる。

「いくよ、三、二、一……」

さっきと同じ合図で私の体は持ち上がる。少し力を入れすぎたのか、そのままうっかり前のめりになってしまった。

「わわ……」

また倒れる?と思ったけれど、私の体は向かいの彼の胸に収まった。体重の大半がのしかかっているというのに、ビクともしない。視線を上げれば、顔と顔がかなり近い距離にあり、私は慌てて体を起こした。

「ご、ごめんなさいっ!」

「……ほら、ちゃんと支えられただろ?」

ニヤッと笑うその表情は、無邪気な子供のように見えた。

この人、いろんな顔を持ってるんだな。大人の妖しい顔も、悪戯っ子の顔も、頼り甲斐のある男性の顔も、楽しげな男の子の顔も、どれも魅力的だ。

ゆっくりと体を離された後も、私の心臓は暴れ回っていて、息苦しくてならない。

「じゃ、ゆっくり行こうか」

彼は手を支えたまま、歩き出そうとする。私はそれを慌てて制止した。

「大丈夫です。ひとりで歩けますからっ!」

「でも……」

「本当に大丈夫ですからっ」

そう言うのに、さらに手を強く握るから、胸がキツく締めつけられる。

「拒否されると傷つくから、おとなしくしてて」

拒んでると思われるのは嫌で、ついその温かい手のひらと優しさを受け入れてしまった。

歩き始めると、やっぱり右足に痛みがあるから、支えてもらって良かったと感じる。

でも、骨ばった大きい手が、私のぷにぷにの手を握っていると思うだけで居た堪《たま》れなかった。

「手、やわらかいんだね」

「わっ⁉　ご、ごめんなさいっ、肉厚で！」

「なんで謝るの？　このやわらかさ、すっごい俺好みだけど」

「そ、そうですか……？」

彼の瞳がなぜか妖しく光って見えて、私はつい視線を床に逸らしてしまった。

「君、大学はどこなの？」

「あ、高花《たかはな》大学です」

「高花か。結構遠いね」

「でも、家は御社の最寄駅の沿線上にあるので、通勤は問題ないです！」

はっきり言うと、彼はくすくすと笑っている。

しまった。こんなところで、自己アピールされても対応に困るだけじゃん。

「えっと、今のはその……」

「うん。俺もぜひ、君みたいな子に就職してもらいたいな」

微笑む横顔に、胸が温かくなった。心臓が穏やかに鼓動するのがわかる。

私の歩幅に合わせ、ゆっくりと進んでいく足取り。隣を歩く彼の横顔が、キラキラと輝いて見える。

玄関に到着すると、彼は「ちょっと待ってて」と私の手を離し、道路沿いへ向かっていく。彼が手をあげていると、すぐにタクシーが一台止まった。

「来たよ、乗って」

再び手を引かれ、タクシーへと連れていかれる。戸惑ったまま、私は車に乗せられてしまった。

「これでお願いします」と言って彼が差し出したのは、一枚の諭吉様。

「なっ……、ダメですこんなの」

「学生さんは、年上の気遣いは受け入れておくものだよ？」

「でも私、あなたの部下でもなんでもないのに……」

後輩でもない。部下でもない。それなのにタクシー代を奢ってもらうなんて、申し訳なさすぎる。

「だったら、ここに就職して俺の部下になったらいい」

頭上からかけられた彼の言葉に、私は耳を疑った。

ゆっくり頭を上げて彼を確認する私は、ぽかんと惚けた間抜け顔だっただろう。

対してこちらを見下ろす彼は、タクシーのドア枠に左肘《ひじ》を置き、余裕の笑みを浮かべていた。

「申し訳なく思うなら、俺のもとで働いてよ。それなら、文句ないだろ？」

なんと答えたらいいのかわからず呆然としている間に、彼は「またね、待ってるよ」と言って一歩下がり、すぐにドアは閉まってしまった。

慌てて窓を開けると、彼は少し離れたところでひらひらと手を振っている。

「運転手さん、出してください」と彼が告げ、タクシーは出発しようとする。

彼との距離が離れていくから、慌てて窓から顔を軽く出した。

「……ま、また！　会いにきます、絶対！」

なんとか伝えようと、必死で私は叫んだ。

その姿が見えなくなるまで、必死で彼を見つめ続ける。

姿が見えなくなっても、胸の内はまだドクドクと心臓が波打ち、熱をはらんでいた。

それなのに、心の中へ寂しい風が吹いている気がする。

うれしいのに、切ない。それは、初めて覚える感情だった。

＊　＊　＊

説明会から一週間が過ぎた。あの日から、私の頭の中は出会った彼のことで占められている。

落ち着いた声、手のひらの温かさ、頼り甲斐のある胸板、優しい笑顔。次第に私の頬は熱を持ち、脈拍は上昇していく。

私は校舎の片隅に置かれたベンチに腰掛け、ため息をついた。

どうしよう……、これって恋だよね。私、あの人を好きになっちゃったかもしれない。

一瞬で恋に落ちるなんてありえない、って思ってたけど。まるで落とし穴に落ちたみたいに、急に虜になってしまった。

あぁ、もう。なんでこんなことに⁉

そう嘆いて頭をかかえていると、目の前を通り過ぎる学生たちがヒソヒソと笑い話をしていった。

『見た？　あの人』

『すごいよね、よくあれだけになったたっていうか』

『さすがにないわー』

陰口とか悪口って、どれだけ小声でもなぜか耳に入ってくる。

私は、廊下を挟んで真向かいにあるガラス窓に映った自分の姿を見つめた。

パンパンの顔。丸い体。太い腕と脚。出っ張ったお腹。

わかってるよ。私なんかがあのかっこいい人に、まともに相手にしてもらえないことくらい。

でも、この気持ちを無駄にすることも、したくはないんだ。

「陽芽、お待たせー。遅くなってごめんね、授業延びちゃってさ。ご飯行こっか」

授業の終わった加奈子が私の前に立つ。

どこか一点を見つめ無表情でいる私を不思議に思ったのか、加奈子は「陽芽、どうした？」と尋ねる。

「加奈子、私、決めた」

私はすっくと立ち上がり、加奈子をじっと見つめる。

ダメもとでも、申し込みたい。あの会社に挑戦したい。

「私、富士崎製菓に入社する‼　絶対‼」

「……絶対？」

「うん。なにか、したほうがいいことあるかな？　栄養の勉強とか！」

加奈子は眉にしわを寄せ、神妙な面持ちで私を見つめている。私はそれにもめげず、必死な視線を送り続けた。

「陽芽、本当にあの会社に就職したいの？」

「もちろん！」

「そう……。それじゃ、やることはひとつだね」

「え？　なに、なに？」

すると加奈子は少し前のめりになり、私をじっと見据えた。

「本気で目指すなら、痩せるしかないよ」

加奈子の言葉に私は目を見開き、きょとんとした表情をした。

痩せる？　なぜそんなことを言うの？　ダイエットと就職、関係あるのだろうか。

「え？　でも……、しっかりした会社が採用する人を外見で決めるなんて、そんな不公平なこと、しないよね？」

「甘いな、陽芽は。人生なんだかんだ、見た目で決まることが多いんだから」

彼女は私を人差し指でさし、さらに訓戒を垂れる。

「忠告するけど、その体型はこれからの人生で足枷《あしかせ》にしかならないよ。自堕落《じだらく》の表れって取られるんだから」

「じ、自堕落……？」

「自己管理できない人を、雇いたいと思う会社がある？　あきらかにこれから病気になりそうな人、使いたいとは思わないでしょ」

辛辣《しんらつ》な物言いに、私の口もとはひくついていく。

社会人にとって自己管理は基本事項。それをクリアできていない人は、ただそれだけでマイナスイメージだ。しかも、将来病気で倒れる可能性があるなんて、さらに良くない。

彼女の言うことはたしかに正当に思えるけれど、簡単には納得したくなかった。それは私の中に残る、少しのプライドかもしれない。

「……たしかに、そんな人を使いたいとは思わないかもしれないけど……。で、でも、それを上回る魅力があれば……！」

「ほかの努力している人に勝る能力が自分にあると？　たいした自信ね」

言いくるめられ、ぐうの音も出ない。それを見て取ったのか、加奈子はじっと私を見据え、諭した。

「体はその人の内面を語るんだよ、残念ながらね。だから、外見を変えな。その努力は決して、陽芽を裏切らないから」

自分の外見や内面を変えることは、今まで願いながらもあきらめてきた夢だ。ずっとそうやって逃げてきたのに、今更叶えるなんてできるのだろうか。

一抹の不安がよぎるけれど、私はそれを思考の中から振り払った。

できるかできないかなんて考えている場合じゃない。とにかくやるんだ、自分の恋と未来のために。

私の中で、決意が燃えたった瞬間だった。

＊　＊　＊

私は決戦の場へ向かうため、歩道をひとり歩いていた。けれど今までの癖で、すれ違う人たちの視線を気にしてしまう。

膝裏のセルライト、取りきれてなかったかな。腰回りのハリは変わらないし……。周りにぶつからないよう身を小さくしながら、そそくさと会社の入口を抜け、そのまま受付へと向かった。

「すみません、受付お願いします」

そう告げると、受付の人は顔を上げて私を見て、一瞬、唖然《あぜん》とした表情になった。

「ええっと、お、お名前は……」

「佐伯陽芽です」

「さえき、ひめさん……ですか」

なにを言われるんだろう?と構えていると、その人はハニカミながら、「お似合いですね」と告げてきた。その信じられない返答に目を何度か瞬かせる。

お兄さん、私は覚えてますよ。あなたが一年半前、この名前を聞いて肩を震わせ笑っていたこと……。

でもそんなことは顔には出さず、笑みを浮かべてみせた。

「面接会場はあちらです。がんばってください」

「ありがとうございます!」

笑顔で答えた私は身を翻《ひるがえ》し、会場へと足を進めた。

案内に従って、順番に面接が進んでいく。私は待ちながら、深く深く呼吸した。

大丈夫、今までがんばってきたじゃない。加奈子も言ってたでしょ。『努力は決して、陽芽を裏切らない』って。

順番を待っている間、『私は変わったんだ』と、何度も自分に言い聞かせた。

「では、次の方お入りください」

「はい！」

さっと立ち上がり、ドアの前に立つ。ノックし返事を待ってから、扉を開け中へ足を進めた。

「高花大学から参りました佐伯陽芽です」

この瞬間のため、一年半、必死で努力した。

その結果、現在の体型は百五十八センチ、四十七キロ！　私は見事、マイナス五十キロのダイエットに成功したのだ。

「では、入社を希望された理由を聞かせてください」

「はい、私が御社を希望した理由は……」

佐伯陽芽、二十二歳。

恋した彼にもう一度会うため、いざ出陣！

落としたのは、ガラスの靴か体重か

「おはようございまーす！」

「おはよう、陽芽ちゃん。朝から元気いいねぇ」

「清水《しみず》先輩、ありがとうございます！」

「あー、今日もかわいいね。癒される〜」

清水先輩はそう言い、私の隣のデスクに腰掛けた。

念願叶い、私はあの憧れの人がいる会社に入ることができた。入社してから、かれこれ一年。仕事にも慣れたし、かわいがってくれる先輩もできて、充実した毎日を送っていた。

パソコンの電源を入れ、今日の仕事の確認をする。今度提出する宣伝文の期限が明後日までだから、早めに先輩に確認してもらわなくてはいけない。

私が配属されているのは、宣伝を担当する広報部。入社したときに私の指導担当で入ってくれていたのが、隣の席に座る清水苑子《そのこ》先輩だ。

「清水先輩、今よろしいですか？　確認お願いします」

清水先輩は資料を受け取ると、サラッと内容を確認した。

「うん、大丈夫だと思うよ」

「よかった……。ありがとうございます」

「もう二年目になるし、私の手なんていらないくらい成長しちゃったねぇ」

「そんな……、まだまだです。でも、うれしいです！」

はにかんでそう告げると、急に清水先輩は腕を組み、なぜか首をゆっくり縦に振りだした。その表情は満足そうな笑顔を浮かべている。

「最初はかわいいだけの子かと思ってたけど、仕事もバッチリだからね。私、ほかの人が陽芽ちゃんのこと褒めてるといつも鼻高々よ」

清水先輩の言葉に、私は複雑な心境で「ありがとうございます……」と応えた。

もとは、はち切れんばかりのお腹をたずさえていたメタボだった、なんて社内の人が知ったら、かなりドン引きだろうな……。今ではすっかりスッキリしたお腹をなでながら、苦笑する。

私が以前ものすごく太っていたという事実は、今のところ誰にも伝えていない。

知っているのは、同じ会社に採用され同期となった加奈子だけだ。

〝太っていた姿は、自堕落の表れ〟

まだ信頼関係が築けていないうちは、不用意に打ち明けないほうがいい。いつかどこかで話す機会があるだろうし……、と思って言わないでいたら、完全にカミングアウトの機会を失ってしまったのだ。

二の腕や太ももには太っていたときの名残《なごり》があるから、カーディガンを羽織ったり、膝丈のスカートをはいたりしている。

その格好ゆえか、〝清楚〟〝おとなしい〟なんてイメージがつき、今更キャラクター変更できないでいるところもあったり……。今までとは違う周りからの評価に、私自身まだ戸惑っていた。

お昼休みになり、私は清水先輩に誘われてランチへ行くことになった。エレベーターを待っていると、清水先輩が何気なく切り出した。

「陽芽ちゃんは本当のところさ、誰かいい人いないの?」

突然思いもよらぬことを聞かれ、自分の耳を疑う。

いい人……って、どういう意味?

清水先輩の問いは今までの自分には縁遠いもので、ひたすら当惑してしまった。

「い、いきなりどうしたんですか? 清水先輩」

「だって、入社してからずっと『彼氏はいません』って言ってるでしょ？　その割に、男性社員から声かけられても上手にあしらっちゃうし。うちの男たちも結構いいの揃ってると思うんだけど、そんなに惹かれない？」

「そんなことはないんですけど……」

たしかに、社内の数人の男性から声をかけてもらったことはある。でもそんな経験など今まで一度もなかった私は、気軽に応じることもできず、いつも断ってしまっていた。

「きっと、誰かいい人がいるに違いないと思ってたんだけど、どうなの？」

「いや、そんな……。ホント私、そういうことに慣れてないだけで……」

居た堪れなくて、視線を彷徨《さまよ》わせた。

いい人、と言っていいのかはわからないけれど……、気になる人はいる。

もうかれこれ三年近く前、説明会で出会ったあの人。マイナス五十キロのダイエットを成功させるほど必死になるきっかけを作った彼は私にとって、ただひとり執着している人といえる。

けれど、入社してからその人を一度も見かけたことがなかった。たしかに同じ会社に勤めているはずなのに、通勤中や仕事で通る廊下、はたまた周辺のレストランを探しても会えないのだ。

「いい人といえば……、富士崎くんがそろそろ帰ってくるって噂してたな。楽しみ」

「富士崎さん？」

聞き覚えのない名前に首を傾げると、清水先輩はニヤッと含みのありそうな笑みを浮かべた。

「そっか。富士崎くん二年前に異動したから、陽芽ちゃん知らないんだよね。私の同期なんだけど、富士崎宰《おさむ》くんっていって、広報部のエースだったの。中部《ちゅうぶ》地方に転勤になってたけど、そろそろ帰ってくるんだって」

「そうなんですか。……ちなみに、清水先輩が『楽しみ』と言っていたのは……」

「もちろん、目の保養として、よ！　彼、〝社内で一番イケメン〟って評判だったんだ。彼が戻ってくるって聞いて、会社中の女子がテンション上がってるはずだよ」

清水先輩の同期というと、三十歳か。説明会で会った彼も、かっこよくて、それくらいの年齢だった。そして、二年前に異動なら、説明会のときにはまだその人はこの会社にいたことになる。

もしかして、私が探している人かもしれない。彼に近いキーワードがいくつもあって、私の心は浮き足立っていった。

エレベーターに乗り込んだ私たちは、一階の受付まで降りる。

笑いながら入口まで向かっていると、急に清水先輩が「わっ！」と声をあげた。

「陽芽ちゃん、彼だよ。噂をすれば！　彼が富士崎宰くん！」

清水先輩の指差す方へ、慌てて視線を向ける。ちょっと遠いけれど、そこには数人のスーツ姿の男性がいた。

複数の社員たちの中でひと際目立つ男性に、私の視線は釘づけになった。

変わらない爽やかな表情とスマートな立ち姿は、あの説明会で出会った彼に間違いなかった。

「やっぱりかっこいいなぁ。まさか今日来てるなんて。会えてラッキーだったね」

「し、清水先輩！　その……富士崎さんは、元広報部だったんですよね。それなら、また広報に戻られるんでしょうか？」

もしかしたら、直属の上司になってもらえるのかもしれない、と期待を込めて、先輩に問いかける。

けれど、私の考えとは裏腹に清水先輩は悩んだ表情をしてみせた。

「どうかなぁ……。もしかしたらもう、管理職につかないといけないかもしれないしね。いよいよ、専務か常務辺りになる可能性もあるかな」

「え……？　専務か常務って……、なんでですか？」

部署を超え、話が思わぬ方向にいっていることに戸惑う。専務や常務なんて、あんな若い人が就ける役職じゃないのに……。

すると、清水先輩は至極《しごく》当然とでもいうように、さらりとその答えを述べた。

「だって、あの人、社長の息子だよ？　しかもひとり息子」

「……ええっ⁉」

何度か頭の中で反芻《はんすう》し、やっと言葉の意味を理解した。

あの人が社長の息子？　そんな、あんなに気さくで、まったくいばったりする様子もなかった。彼がそんな立場の人だなんて、言われても正直ピンとこない。

「今の副社長は社長の義理の弟さんでしょ。その人も富士崎くんの代わりを務めてるだけらしいから、実質的には彼が将来の社長様ってわけなの」

「そう、なんですか……」

「私が『目の保養』って言ったのはそういうこと。さすがにあそこ狙ったら、身のほど知らずでしょ？」

放心状態になり周りの音がシャットダウンされても、清水先輩の言葉だけは真っ直ぐ私の耳に届いた。

『身のほど知らず』

それを受け入れられないほど、自意識過剰ではない。

どうしてなの。好きになった人が、社長令息だなんて。せっかく自分を変えてここまで来たっていうのに。痩せてちょっと綺麗になったくらいじゃ、次期社長の彼と並ぶには、なんの足しにもならない。

「さ、ランチ行こ」と言って歩きだす清水先輩の後を慌てて追いかける。心臓の鼓動はまだ治まらず、嫌な音を立てていた。


清水先輩の予想とは異なり、富士崎さんは広報部に戻ってきた。でもそれは、やはり管理職としてだ。

「新しく部長を務めることになりました、富士崎宰です。精いっぱいこの部署で働きますので、よろしくお願いします」

富士崎さんは、部長という役職で広報部に所属することになった。広報部の女子社員たちがあきらかに浮き足立っているのがわかる。

当然だよね。彼の周りだけなんだかキラキラして見えるもん。清水先輩もニコニコして私に声をかけてくる。

「彼と一緒の職場なんて、やる気出そう。ま、部長だから直接関わることは少ないけど。でも、高嶺《たかね》の花はそれくらいの距離感がいいよね」

「たしかにそうですね……」

「間近で見て思ったけど、富士崎くん前にも増してオーラが出てるよ。転勤でさらに鍛え上げられたのかなぁ。やっぱり住む世界が違う人、って感じだよね」

清水先輩の言い方は、すでに彼とは一線を引いていることを示している。

佇まいや風格、それに周りの視線すべてが、住む世界が違うのだと訴えていた。

でも、あの日の優しさや笑顔、声は全部私の記憶に残っていて、彼に出会えたことで熱情も感動も呼び覚まされてしまった。

今まで感じたことのない胸の痛みを隠しながら、私は必死で仕事に集中しようとした。

＊　＊　＊

痩せてからなにが一番変わったかと聞かれたら、真っ先に『服』と答えるだろう。

春物の買い物に来た私は、それをひしひしと感じていた。

今までは、こんな体のラインを拾うような服は絶対着られなかったなぁ……と、タイトスカートを試着しながら思い返す。

お店に並んでいる服はまず入らなくて、買うのはもっぱら大きめサイズ専門店でのネット注文だった。それでも入らないときだってあるから、自分で作ることも多々あった。

体型の目だたないチュニックとか、ミディ丈スカートとか、ドルマン袖も気に入って着てたなぁ。懐かしい出来事を思い出し、苦笑が漏れる。

「お客様、いかがですか？」

「あ、……は、はい！　ちょうどいいみたいです」

カーテンを開けて外に出てみる。待ち構えていた店員さんは、私の姿を見るや否や、

「お似合いですぅ！」と褒めたてた。

これが、売るための定番コメントだと知ったのも、ここ最近のこと。それまではそのコメントが自分に向けられることなどなく、うらやましいとさえ思っていた。

「そう、ですか……？　ありがとうございます」

愛想笑いを浮かべつつ、鏡から一歩離れて自分の姿を確認した。

あー、やっぱりダメ。この丈だと膝上のぜい肉の名残が見えてしまう。

残念に思いながら「ちょっとイメージと違うみたいです」と微笑み試着室へ戻った。

んー、痩せてからかわいいものを着られる確率は増えたけれど、全部が全部似合うわけでもないんだよな。

名残惜しげにもう一度スカートを見てから、そのお店を後にした。

ウインドウショッピングなんて、昔は全然できなかった。周りからの視線が『あなたが着られる服があるとでも?』と言っているみたいで、居た堪れなかった。だから、こうやってひとりで街を堂々と練り歩くことができるだけでも、今は幸せといえるだろう。

でも同時に、スタイルがよくなればなんでも似合う、なんてのは幻想だったのだと思い知る、今日この頃だ。

それこそ、この前の出来事もまさにその類《たぐい》だったな、と先日の会社での出来事を思い返す。

せっかく、説明会で出会ったあの人に再会できたと思ったのに、彼はまさかの、社長令息。しかも、次期社長候補だ。

自分の部の部長という身近な役職に配属されたけれど、それでも下っ端社員が話しかける機会なんてそうそうない。

痩せたところで、太刀打ちしようがない人だったんだ……。

あきらめる、しかないのかな……。立ち並ぶお店の窓を眺めながら、深いため息をついた。

でも、そう簡単にあきらめられるだろうか。

私は、窓に映る自分の姿を見つめた。昔は自分の姿を直視することは拷問《ごうもん》に等しかったけれど、今は真正面から見ていられる。

あご下はお肉やむくみがスッキリとれ、小顔になった。腕のお肉も減ったおかげで肩幅が狭くなって、ウエストにはくびれが、太ももの間には隙間ができた。ふくらはぎだって、もう卵を抱えた鮭みたいじゃない。

マイナス五十キロ……。簡単なことじゃなかったし、苦しいこともたくさんあった。

すべて、あの人……富士崎部長にもう一度出会うためだったのだ。

手の届く人じゃなかったからって、すぐに忘れるなんて絶対無理。かと言って、仕事と私情を混同するのは嫌だから、自然な形でどうにかして近づけないかな……。

私は頭を悩ませつつ、再び先へ進もうと身を翻した。

「……ん？」

すると、隣の店の前で同じようにウインドウを眺めている男性の存在に気がついた。

隣は有名なケーキバイキングのチェーン店だ。ケーキだけじゃなくて惣菜も扱っているから、女子高生や女子大生がランチ、女子会で使うこともあり、大人気なのだ。かく言う私も、大学時代は、帰宅途中にあるこのお店に何度も通ったものだ。

人だかりのできるその場所を、眺めている人がいてもおかしくはないけれど、今私の目の前にいるその人は、少し場違いだった。

若い男の人で格好はラフだけれど、仕立ての良さそうなジャケットやヴィンテージ感のあるジーンズが〝洗練された大人の男性〟という印象を与えていた。とても、こんな大衆向けのお店に来るようなタイプじゃない。

私はまじまじと、そのどこかで見た覚えのある男性を見つめた。

「え……、富士崎部長？」

私の微かなつぶやきで、富士崎部長はこちらを振り返った。会社のときとは違う、少し崩した髪型にときめいてしまった。

私服姿の富士崎部長、かっこいい……。

見惚れる私に対して彼は、少し不思議そうに首を傾ける。そして初めて会ったあの日と同じ、屈託のない笑顔をこちらに向けた。

「……えっと、同じ部署の子だよね？」

「あ、はい、佐伯といいます。すみません、急に声をかけてしまって」

「いや、大丈夫。ごめんね、まだ名前を覚えきれてなくて……」

「そんな……。私、下っ端なので、覚えていらっしゃらなくて当然です！」

こんなところで富士崎部長と会うなんて信じられない。

でも、心の準備ができなくて、なにを話したらいいかわからない。こんな機会、もう二度とないかもしれないのに……。

焦るほど言葉は出なくて、私は「えーと、あのー」なんて、その場しのぎのつぶやきを繰り返してしまう。

「佐伯さん……。ちょっと、付き合ってくれるかな？」

そう言うと彼は俄《にわ》かに、私の手をさらっていった。

「……えっ⁉」

「今だけ俺たちは、恋人。オーケー？」

え？　え⁉　嘘でしょ、どういうこと？

手のひらを彼の熱に包まれ、私はそれに引かれるまま、ケーキバイキングのお店に滑り込んだ。

「すみません、ふたりです」

「いらっしゃいませ、こちらへどうぞ」

呆気に取られている間に、案内され私は席に着いていた。

見覚えのある店内。でも向かいにいるのは、まったく見慣れない富士崎部長の姿。

女子だらけの空間の中、彼は完全に周りの視線を集めていた。

「ど、どういうことですか……？」

「どうぞ、思う存分食べていいよ」

食べて、って……、そう言われましても……。

そう思いつつショーウインドウを眺めてしまえば、よだれが口内であふれ出る。

ああー、ショートケーキもタルトもレアチーズケーキもザッハトルテもプリンもおいしそう！　でも、でもでも！　食べたら即リバウンドに決まってる！　これはすべて糖分の塊なんだからー‼

「遠慮せずに。もちろん、俺の奢りだから」

彼に微笑まれ……私は微かな理性で全部盛りをぐっと堪え、ショートケーキとプリンをお皿にのせた。

ちょっとなら、いいよね。断るのは申し訳ないもん。仕方ない。

言い訳しながら、ケーキの乗ったお皿を上機嫌に運ぶ。途中でコーヒーを注ぎ、それを部長の前に置いた。

「ありがとう、もらうよ」

「こちらこそ、遠慮なくいただきます」

あぁ、ケーキなんていつぶり……？　ダイエット中は絶対食べなかったし、痩せた後もおやつは極力控えてるからな。

フォークを手に取り、やわらかなクリームとスポンジをすくい取った。ひと口目を入れるのは少しためらったけれど、舌にのった途端懐かしい感覚が呼び覚まされる。

あぁ、これ……。これがケーキなんだよ。この甘さ。溶けるほどのやわらかさ。バニラの香りが鼻をくすぐり、私の食欲をさらに掻き立てる。

中毒性の高いそれに誘われるまま、ふた口目、三口目……と、ケーキを頬張った。

涙出そう……、幸せすぎる。目を閉じてケーキのおいしさに浸っていると、向かいから「ふふ」という笑い声が聞こえてくる。

パチリとまぶたを開けると、椅子に深々と座る富士崎部長が私を眺めながら微笑んでいる姿が目に入った。

見られてたんだ……！　恥ずかしさに、顔から耳まで真っ赤になった。

「おいしそうに食べるね。そんなに幸せそうされたら、こっちまでうれしくなるよ」

「す、すみません。ひとりで……。富士崎部長は食べないんですか？」

「うん。俺はそこまで甘いもの得意じゃないから」

じゃあ、なんでこんな甘いものがメインのお店に入ったんだろう。もちろん塩辛いものもあるけれど、種類はケーキより格段に少ないし、それさえも彼は取りにいこうとさえしない。私が持ってきたコーヒーを悠然と口にしながら、周りを眺めているだけだ。

「ここへ来たのは、流行りのケーキはなにかなって偵察。でもメインは人探しかな」

続けられた彼の言葉に、心臓がひと際嫌な音を立てる。

詳しくは聞いていないけれど、想像できちゃう。これがいわゆる、女の勘というやつなのだろうか。富士崎部長の目が、声色が、その相手は特別なのだと教えている。

聞いたらきっと傷つくとわかっているのに、私は尋ねることを止められなかった。

「それは、このお店の店員さんなんですか？」

「いや、違う。別にこの店に来ているのを見たわけでもない。ただ……」

ただ……、なんだろう？　私は彼の話にじっと耳を傾けた。

富士崎部長はどこか遠くを眺めながら、まるでその探している誰かを思い描くかのように、言葉をこぼした。

「彼女の大学の近くにこのお店があったから、いるんじゃないかと思っただけなんだ」

『彼女』という単語で、すべてを悟る。

きっと、その子は富士崎部長にとって特別な存在なのだ。

「それって、高花大学、ですか?」

十分ショックを受けて傷ついているというのに、私はさらに傷をえぐるような質問を繰り返してしまう。

この近くの大学というと、私の通っていた高花大学が一番近い。私自身、このお店を行きつけにしていたし。

傷ついたとしても、知らないでいることの方が嫌だった。彼のことなら、自分にとってつらいことでも知っておきたい。私は覚悟を決め、富士崎部長を見据えた。

「そう、高花大学だよ。君、誰か知り合いがいるの?」

「あ、私、高花大の卒業生なんです」

私の返答を聞いた彼の顔がパアッと明るくなる。

富士崎部長、その人のことが好きなんだ。簡単にあきらめたくないと思っていたのに、こんなに早く失恋するとは思わなかった。

たしかに、彼が御曹司だと知って、もう期待してはいけないと思っていたけれど、彼に気になる相手がいるという事実を知るのはやっぱり苦しい。
でも、もしかしたら富士崎部長が探しているのは、私の知っている子かもしれない。
そうじゃなくでも、どんな子が彼の目に留まるのか、教えてほしかった。
「そうなんだ！　いや、うれしいな。もしかしたら、君も知ってる子かもしれないん
だけど……、どうかな」
「私、あまり学内で知ってる人は少ないんですけど……。もしかしたら、ご協力でき
るかもしれません」
「そうか。うん、かなり特徴的な子だから、見かけていれば少しは印象に残っている
かもしれない」
特徴的……。ものすごくかわいいとか。もしくは、体型がモデル並とかなのかな？
私は心をチリチリ痛めながら、学内でも有名だった数人の女の子の顔を思い浮かべた。
「実は名前もわからなくてね、……でもそうだな、体格とかを説明するなら……。彼
女、いわゆる……ふくよかな体型だったんだ」
彼の言った言葉を頭の中で繰り返し、その違和感に疑問を覚えた。
……ん？　ふくよか？　ふくよかって言うと、えーと、……豊満ってこと？　でも、
彼が言う雰囲気は、ただ胸とお尻がボリューミーとか、そういう類のお話ではないみ

たい。

「えーと、それはつまり、ぽっちゃりさん……ですか？」

「あ、うん、そうそれ」

的を射た発言だったのか、富士崎部長はこくこくと笑顔でうなずいている。

ぽっちゃり、か……。私はぽっちゃりを超したただのデブだったけど、私よりまだマシとはいえ平均以上の体型の子は何人もいた。

さっきの美人チームからそちらのぽっちゃりチームへとイメージを変え、私は彼の話の続きを聞く。

「その子とは、どこでお会いになったんですか？」

「三年前、彼女がうちの説明会に来ていたときに会ったんだけどね……」

三年前の富士崎製菓の説明会ね……。私も参加していたけれど、加奈子以外に高花大学の子と会った記憶はない。

「移動中にその子、足くじいちゃって倒れちゃったんだよね。結構激しく。あれはびっくりした」

「そう、なんですか……」

「それで俺がその子を支えて、救護室まで連れていったんだよ。救護室の担当の人が休みだったから、俺が手当てして。で、これがそのとき彼女が落としていったもの。手作りなんだってさ」

そう言って富士崎部長が差し出したのは、見覚えのあるイヤホンジャックのアクセサリーだった。

説明会の日から、どこかにいってしまったイヤホンジャック。それが今、私の目の前に差し出されている。

……って、これどう考えても私のことですよね⁉ つまり、部長が探しているのは……私ってこと⁉

彼は肘をつきながら思い出に浸って笑顔を浮かべているけれど、私は、途中から気が気じゃなかった。

富士崎部長がぽっちゃり時代の私を探している……。どうして？ 私、なにか変なことしちゃったのかな？

でも今の流れからすると、富士崎部長はどうやら私がその子と同一人物だと気づいていないようだ。ダイエットして体型や顔の雰囲気が変わったから、わからないのだろう。

「ど……、どうして富士崎部長は、その子のことを探してるんですか？」

私は勇気を振り絞り、そう尋ねた。

あのとき私をかかえたせいで、治らない傷を負ったとか？　それとも、ちゃんとお礼を形で示せとかだろうか？

さっきとは違う緊張感に包まれながら、私は彼の言葉を待った。富士崎部長はテーブルを眺めながら、ぼんやりと考え込んでいる。

「……理由はよくわからないんだ」

「え？」

富士崎部長は真面目な顔でぽつりと告げた。

わからないって……。わからないのに、探してるんですか？　私を？　こんな場違いなお店に、会ったばかりの社員を連れて入ってまで？

部長の行動が理解不能で、私の頭は混乱状態だった。

「わからないけど……、なんだかその子のことがあの日から、頭から離れないんだ。俺の勘が、なにか言ってる気がして」

彼は大事そうに言葉を紡ぐ。その表情がとても色っぽくて、思わず見惚れてしまった。

思慕と微かな憂いを含んだ瞳が私に向けられ、ドキリとキツく胸が締まる。

「……その子のこと、気になるんですか？」

「あぁ、気になるな」

それって、もしかして……。淡い期待を抱きかけたけれど、慌ててその考えを否定した。

まさか、そんなことありえない……。富士崎部長が私のこと……だなんて。

疑いつつ、でも、気になってしまう。私はひとつ唾を飲み込んでから、その問いを口にする。

「それは……、その『気になる』というのは、……女性として、でしょうか？」

私たちの間を静寂が占める。周りの人たちの雑談やバックミュージックも、私の耳には入らない。

「ま、そういうことになるね」

富士崎部長はそう言って、穏やかに微笑む。頬がほんのり赤く染まり、その表情は今日一番、輝いて見えた。

眩しすぎて、目を逸らしてしまいたくなるほどの笑みに、私は思わずうつむき、目を閉じる。

……信じられない。私のことを覚えてくれてたなんて。

私と同じように、富士崎部長にとってあの出来事が大事な思い出になっていてうれしい。私のことを気になる存在と言ってくれてうれしい。

……でも、素直に心から喜べない！　だって、彼が気になってるのはダイエット〝前〟の私。痩せた今の私じゃないんだ。

目を開き、ちらりと富士崎部長を見上げる。肘をつきこちらを見つめる彼の表情は、変わらず穏やかだ。

「変な話しちゃってごめんね。気にせず、もっと食べて」

でも、そう優しく促す彼の笑顔を今は素直に受け止められなかった。

まるで、童話に出てくる魔女が、『もっと食べろ』と促すときのような感じ……。優しさの裏に得体の知れないものが潜んでいる、そんな恐ろしさを覚える。

でも、その裏を追求することはできず、私はただそれを心の中だけで叫んだ。

もしかして、もしかしてだけど……。富士崎部長ってかなりの〝ぽちゃ専〟なんですかー⁉

恋する気持ちはハイカロリー

お風呂からあがり、居間のラグに転がり込む。お決まりのリンパマッサージとストレッチはとてもやる気分になれず、けだるく、ごろごろとラグの上で寝返りを打つ。

あれ以来私の心は、富士崎部長の言葉でいっぱいだった。

……ちなみにお腹はケーキでいっぱいで、ぽこんと膨れ上がっている。

「あぁー、なんで食べちゃったかなぁ？　これじゃリバウンド一直線じゃん⁉」

頭を抱え、ラグの上でのたうち回った。

でもでも！　しょうがなかったんだもん。思いも寄らないことを言われてドギマギしちゃって、そのほかに話せることもないから、その場をしのぐ方法といったら食べることしかなかったんだ。

富士崎部長からは『おいしそうにたくさん食べていていいね』と言ってもらえた。

でも、その言葉をどう取ればいいのか、今の私にはわからない。

やわらかなラグに身を任せつつ、私は富士崎部長のことを思い出す。

まさか富士崎部長が〝ぽちゃ専〟だったなんて……。しかも、昔の私がオーケーっ

て、どんなストライクゾーンしてるのよ⁉

寝転がったまま、顔を覆い「あぁぁぁ……」と唸る。

富士崎部長の好みがどれほどものかはわからないけれど、とにかく今の私は論外なのだろう。

こんなことなら、痩せなきゃよかったのかな。でも痩せなかったら、今の会社に就職はできなかったかもしれない。

それに、同じ会社だからこそ、こんなものも手に入れられたんだよな、と私は自分の携帯電話に表示される電話番号を眺めながら思った。

携帯電話には、まさかの富士崎部長のプライベートアドレスと電話番号が入っている。帰り際、彼から『例の彼女と同じ大学で、年齢も同じくらいの君に協力してほしい。一緒に彼女を探してくれないかな』と言われ、連絡先を交換したのだ。

富士崎部長は会社用と個人用で携帯電話を分けているらしく、完全なるプライベートの連絡先を知っている人はほとんどいない。

先輩たちだって持ってないよ、こんなレアアイテム！　あ～もう信じられない！

私、本当に今日、あの富士崎部長とお茶しちゃったんだ！

彼の少し鼻にかかったセクシーな声が、『佐伯さん』と私の名を呼ぶ。そんなことが現実に起こるなんて、思いもしなかった。

……でも、忘れてはいけない。彼が私と親しくしてくれている目的は、彼の気になる人を探すためなのだ。しかもそれは、ダイエット前の九十七キロだったときの私、という奇妙な構図。

私は眉根を寄せ、口もとをゆがめる。

社長令息で手が届かない人だとわかっても、あきらめられないと感じていた。一度きりでもふたりで会って話せたらと願っていて、いざ会えたと思ったら、彼の好みは予想の斜め上を飛んでいく。彼と私は、よほど結ばれてはいけない関係なのだと、悲しい気持ちになった。

私は重いお腹を押さえて、体を起こした。少し出っ張ったお腹を見つめていると、昔のことを思い出してしまう。

あの太っていた頃の私。『それは私なんです』って言ったら、彼はどんな顔をするのだろう。

『あなたが気になっていた私はもういないんです』と伝えたら、もう私と会ってくれることもなくなるのかな。

ぽちゃ専の富士崎部長がこの事実を知ったら、当然、今の私と連絡する必要性など感じなくなるのだろう。正直、それは寂しい。でもせめて、彼の気持ちには真摯《しんし》に応えていたかった。

次に会ったらちゃんと言おう。本当のことを。

そう決意してみたけれど、実行するための最大の難関がふと頭に浮かんだ。

〝富士崎部長って、プライベートの時間はいつ取れるの？〟

彼が忙しいことなんて、私だってわかっている。この前だって、『やっととれた休みで見にきたんだ』って言ってたし……。

だからといって、仕事中にこんな話をするのは無粋ってものだ。ちゃんと場を設けなくてはいけない。

「……とにかく、成るように成る。待つしかないか」

そう自分に言い聞かせて、携帯電話の電話帳を閉じた。

＊＊＊

【今夜、空いてるかな？　付き合ってほしいところがあるんだ】

翌週水曜日のランチ中、私は富士崎部長からのメールに絶句し、口を呆然と開け放していた。

　これって、つまり……。

「それって、つまりデートってこと？」

「うひゃあぁぁ！」

　同期の加奈子に急にうしろから話しかけられ、体が激しく飛び上がる。彼女は商品管理部に配属されている。仕事ではあまり関わりはないけれど、時間を合わせて夕飯を一緒に食べたりしている。

「一緒にいい？」

「もちろん！　加奈子、この時間にランチなんて珍しいね」

「午後イチで会議なんだ。だから早めにね」

「すごーい。さすがは期待のルーキー」

「すごくないよ。今回は課長の付き添い。まだまだ下っ端だからね。……それで？　誰からのお誘いなの？」

　彼女は私の顔を興味津々に見つめている。私は周囲を確認し、手で口もとを遮りながらささやいた。

「実はね……、富士崎部長なの。誘ってくれてる相手」

「……えっ⁉　富士崎部長ってあの……」

「とはいっても、ただの食事だよ！　デートじゃないし」

私がフォローしても、加奈子は変わらず目を丸くして、何度も瞬きをしている。

「どうしていきなりそんなことになるの？」

「うん、そうだよね。実は……」

そう切り出し、私はこの前起きたことの一部始終を説明する。加奈子はランチを食べながら、ただじっと私の話に耳を傾けてくれた。

話し終わり、私がアイスティーを口にしていると、加奈子は神妙な顔でポツリと言葉をこぼす。

「つまり、富士崎部長は意外にも鈍感だったと……」

「ちょっ……。そんなこと、こんなところで言っちゃマズいでしょ‼」

小声とはいえ、会社近くのカフェだから誰が聞いているかわからない。周りを確認してみたけれど、こちらを気にしている人はいないようでホッと胸をなでおろした。

「わからなくても仕方ないよ。加奈子は知ってるでしょ？　私の前の姿……」

「まぁ、たしかにね。しかし、富士崎部長がぽちゃ専だったとは……。うちの先輩たちが涙にくれる姿が見えるようだわ」

加奈子は目を丸くさせ、よほど驚いたのか深くため息をつき額へ手をあてていた。

「やっぱり、富士崎部長って人気なんだ」

「だろうね。先輩たちはみんな噂してるよ。でもみんな、高嶺の花だって遠巻きに見てるくらいかな。噂じゃ、ファンクラブがあるとかないとか……」

社長の息子とはいえファンクラブって……。それだけで、彼に挑戦するハードルの高さを思い知らされる。

「ていうか、陽芽はどうするつもりなの？」

「うん、ちゃんと話そうと思う。『あなたが探してる子は私で、もうぽちゃ子ではないんです』って」

富士崎部長の期待を裏切るのは心苦しい。……けれど、本当のことをちゃんと言わないと。

でも、私の答えに加奈子は「違う違う」と手を横に振っている。

「そういうことじゃなくてね。つまり、富士崎部長に告白するの？それともやめておくの？ってことなんだけど」

加奈子の問いに私は絶句する。そんなことは考えたこともなかった。個人的に知り合えてラッキー、とは思っていたけれど、自分の思いを打ち明けるなんて恐れ多い。

「む、無理だよ。そんなの……。私、もうぽちゃ子じゃないし、それに彼は部長で、次期社長候補で、女子社員みんなから憧れられる存在で……」

言っていて、自分で悲しくなってくる。考えれば考えるほど、その壁は高く厚い。

そんな私に、困ったように加奈子はひとつ息を吐く。

「いろいろ障害はあるけどさ、結局、陽芽がどうしたいかってことだと思うけど？」

加奈子の言葉をじっくり頭の中で反芻する。

自分がどうしたいか……。思いつきもしなかった大事なことを提示され、視野が広がった気分だ。

たしかにそうだ。ただ富士崎部長に再会できてうれしくて、でも私がぽちゃ子だったときを好きだったと知ってショックを受けて。今まで、自分はどうしたいのかなんて、考えようともしていなかった。

「ごめん、そろそろ行かなきゃ。また、報告聞かせてよ」

トレイを持ち、加奈子は颯爽《さっそう》と立ち去る。私もあと十分くらいで戻らないと、と残りのご飯を食べる。それからもう一度携帯電話を手に取り、メールを眺めた。

告白……、なんて無理無理！　でも、言わなきゃいけないことはある。

私は富士崎部長の誘いに、【空いています】と返信した。

加奈子に言われたこと、ちゃんと考えなくちゃ。携帯電話をポケットに入れた私はトレイを片づけ、オフィスへと戻ることにした。

デスクに着き、パソコンをスリープから立ちあげると、私の横で携帯電話がバイブする。

高鳴る胸を押さえながらそれを手に取ると、富士崎部長からのメールだとわかる。

【じゃあ今夜六時半、駅裏のカフェで】

具体的な待ち合わせに、さらに実感がわいてくる。

私、今夜本当に富士崎部長とまたふたりきりで会えるの？

慌てて鞄の中をあさり、メイク直しの道具を確認した。

しまったー！　今日、チーク持ってきてない。ビューラーも！

化粧は後でなんとかするとして、今日の服装は……と私はうつむいてスタイルを確認した。

とろみ素材の白い襟付きブラウスにピンク色のプリーツスカート。靴もかわいげないものだけど、『急な外出のときに使うから』と言われて、高めのヒールのパンプスをロッカーに入れているから、それに替えて……。

なんとかなりそうなことがわかり、ホッとひと息つく。安心して、昼からの作業にとりかかった。

「陽芽ちゃん、なんか今日やる気？　いいことでもある？」

清水先輩の鋭い指摘に私はギクリと肝を冷やす。

「……ちょっと楽しみにしてることがあって」

「やっぱり！　いいねぇ、若い子は！」

清水先輩は肘で私の腰辺りを小突くと、うれしそうに立ち去っていった。

そんなにわかりやすいんだな、私……と、恥ずかしくなるけれど、それでも気ははやるもので。仕事がはかどり、おかげで定時までに仕事を終えることができた。

よし、待ち合わせ時間の三十分前だから、余裕で間に合うぞ。私は意気揚々とカフェへ向かった。

けれど到着すると、道に面した席にすでに彼は腰掛けていた。驚いている私の視線に気づいた彼が、席を立ってお店から出てくる。

「お疲れ様、早かったね」

「お疲れ様です、すみませんお待たせしてしまって……」

「ん？　佐伯さんだって時間前に到着してるんだから、謝ることないよ」

「でも、部長の方がお忙しいのに……」

するとと富士崎部長は急に、腕を組んでなにかを考え込み始めた。

「部長？　どうされたんですか？」

「この前も思ったんだけど、その『部長』っていう呼び方、堅苦しいよね。やめない？」

「え？」

唐突にそんなことを言われ戸惑ってしまう。部長を『部長』と呼んで、なにが悪いんだろう。

「では、ほかになんと呼べば……？」

「うーん、……『宰』とか？」

「なっ⁉　む、無理ですっ‼」

急に下の名前で呼ぶなんて、ハードル高すぎ！

全力で拒否する私に対し、富士崎部長は少し不機嫌そうに眉を寄せる。

「俺の年で『部長』って呼ばれるの、恥ずかしいんだよね。いかにも、親の力って感じがしてさ。しかも、この辺りってうちの社員も多いから、『富士崎』って名前でピンとくる人もいるかもしれないし」

そして、じっと私に視線を向けてくる。

うっ……！　なにその瞳、かわいすぎるんですけどっ‼

大人の男性にかわいいなんて失礼かもしれないけれど、唇をゆがませ、まるで駄々をこねるみたいにため息をつく様に、胸が疼く。

「ね、お願いだから、呼んでよ」

真正面からそんなお願いをされたら……、従うしかないじゃないですかっ！

「宰さん……でいいんですか？」

私は呼吸を必死で整え、何度も頭の中で反芻してから、その名前を口にした。

「うん。……じゃ、行こっか。陽芽」

自分まで下の名前、しかも呼び捨てで呼ばれたことにギョッとして、すでに歩き始めようとする彼を見上げる。

「私は苗字のままでかまいませんよ！」

「んー、でも『宰さん』に『佐伯さん』だとバランス悪いし。こうしようよ、ね」

有無を言わさないと言わんばかりに、富士崎部長……、改め、宰さんは道を進んでいく。

「陽芽？　どうしたの。ほら、早くしないと置いていくよ、陽芽」

「ちょっ……、待ってください！」

このままだと何度だって名前を呼ばれかねない。そう悟った私は、慌しく彼を追いかけた。

彼が連れてきてくれたのは、見覚えがありすぎるお店だった。

「ここに彼女が来ていたっていう情報があったんだ」

こ、ここは……、私の行きつけだったお店じゃないですか！

大学の近くの小料理屋さんで、学生時代に通いつめてしっかり顔を覚えられているこのお店は、今の私にとっては鬼門だった。

落ち着いた雰囲気で、大将も女将さんも気さくで、大好きだった。でも、おいしいから食べすぎちゃうし、ボリュームもあるので、ダイエットを始めてからは、来ることを禁止していたのだ。

宰さんはさっそく、女将さんに話を聞きにいっている。

さっきは宰さんの高い背に隠れて入ってきたから、ちゃんと顔を見られてないはず。あの勘の鋭い女将さんのことだ。私を見ればわかってしまう可能性が高い。

なんとしてもバレないようにしないと、と私は手持ちの眼鏡を取り出した。

「お待たせ……って、あれ？　なんで眼鏡？」

「あの、ちょっと趣向を変えて、なんて。あはは……。あ、えっと、女将さんなんて言ってました？」

「惜しかったよ。『前は来てたけど、最近は来てない』ってさ。女将さんも心配そうにしてた」

女将さん……。前は、たくさん食べる私にシャーベットをサービスしてくれたりしてた。

今度ちゃんと、挨拶に行かないと。しんみりとしながら、私はそう心に決めた。

「ま、せっかく来たから食べていこう。なにがいい？」

「そうですね、まずはだし巻き卵！　あとは、塩焼きそばとかどうですか？」

尋ねると、宰さんは少し目を丸くさせ私をじっと見ていた。

やば。堂々と注文するなんて、図々しかったよね。

ドキドキと不気味に心臓が速度を上げる。けれど、宰さんの言葉は私の心配の斜め上を突いた。

「メニュー、見なくてもわかるんだ？」

彼の言葉を繰り返してから、『しまったあぁぁ！』と心の中で叫んだ。

つい、いつものようにサラサラと好きなメニューをつぶやいてしまった。

「あ、あの、さっき見てたんです！　おいしそうだなぁと思って、気になったので」

「そうか。じゃ、まずはそれで。あと、このタコサラダ頼もうかな」

なんとかしのげたみたいでホッとする。

危ない危ない。つい気が緩んじゃったよ。隠し通せた事実に安堵するけれど、ふと気づく。

あれ？　私、この人にちゃんと自分のことを話すんじゃなかったっけ？　今がそのチャンスだったんじゃないの？

そう思ったところで後の祭りで、宰さんはうれしそうに「ビールでいい？」なんて尋ねてくれる。

「いいです、お願いします……」

むしろ言いにくくなっちゃったよ、どうしよう……。

融通の利かない自分が情けなくなってくる。

でも正直なところ、不安もあった。言いふらすような人には思えないけれど、これをきっかけに社内の人に昔のことを知られたら……。私、周りからどんな目で見られるんだろう。

不思議なことに、昔は笑ってやり過ごせた視線が、今は恐ろしくて仕方ない。

「……大丈夫？　陽芽」

ぼうっとしていたことに気づき、顔を上げると、グラスを持った宰さんが私を心配そうに眺めていた。

しまった。上司を前にして呆けてるなんて……！

「すみません！　ボーッとしてて……」

「疲れてるんじゃない？　悪かったね、仕事終わりに急に付き合わせちゃって……」

「そんな。私なんてまだ下っ端で……。宰さんこそ、今日はお仕事大丈夫だったんですか？」

私の質問に宰さんは笑顔を浮かべ、「平気だよ」と答える。

本当に平気なのかな……。まぁ、話されたところで私はなにもできないのだけれど。

注文した料理が届き、私は慌てて取り分ける。『いただきます』と言って、ホカホカの料理に箸をつけた。

「ん、塩焼きそばおいしいね」

「ですよね！　出汁《だし》が効いてますし。ピリッと辛いのがたまらないですよね！」

私は頬張りながら、満面の笑みを浮かべた。

やっぱりここの料理って格別だよなぁ。久々だから余計にそう感じるのかもしれない。大将の作ってくれる料理はどれも絶品だけど、とくにこの塩焼きそばはどのお店よりもおいしいと思う。

ついついほかの料理も箸が進んでしまい、気づけばすでにだし巻き卵が最後のひとつになっている。

私の視線に気づいたのか、宰さんはそのお皿を私の方へ差し出した。

「だし巻き卵、食べたい？　遠慮しなくていいよ」

「……いえっ！　宰さんどうぞ食べてください。私はもう大丈夫なので」

あんまり食べすぎちゃ恥ずかしいから、私は惹かれる気持ちを抑え宰さんに譲ることにした。ときには我慢も必要だもんね。

「本当にいいの？」

「はい、どうぞ」

「じゃ、お言葉に甘えて」

宰さんはだし巻き卵を箸で取ると、名残惜しそうに眺める私の方へそのまま差し出した。

「はい、あーん」

「……えっ？」

「ほしいんでしょ？　ほら」

　私は宰さんとだし巻き卵を何度も見比べる。だし巻き卵はもちろんおいしそう。しかもそれが、恋焦がれる宰さんから差し出されているものだなんて、私にとってはどんな好物よりも心惹かれるものだ。

「陽芽がいらないなら、俺がもらうけど」

「待っ……、いただきます！」

　私は口を大きく開け、だし巻き卵を口に含む。出汁のかぐわしい香りと、ほのかに感じる甘さが広がり、食べさせてもらった恥ずかしさも相まってなんとも言えない幸せな気持ちになる。

　ちらりと宰さんを見つめると、彼は満足げに肘をついてニヤニヤ笑っていた。

「正直な子って、俺、好きだな」

「んぐ……っ。それは、褒め言葉なんでしょうか？」

「もちろん。陽芽はおいしそうに食べるから、食べさせがいがあるね」

「す、すみません、勝手に盛り上がって食べすぎてしまって……」

「いや。そうやって、感情をありのまま表現できるってとても素敵だと思うよ」

　その笑顔に、胸を射抜かれた気がした。鼓動が高鳴り、周りの音が消え、彼の周りだけキラキラして見えて視線を逸らせない。

あぁ、私やっぱりこの人が好きだ。今までずっと、この人のことを追いかけてきたんだ。部長だとか、社長のひとり息子だとか、次期社長とか、まして〝ぽちゃ専〟だなんてそんなことは関係なくて、ただ彼自身に惹かれていたんだ。

近づくチャンスをみすみす逃していいの？ ……そんなことしたら、絶対後悔する。だったら、こうやって近くで話せる今の状況も、彼に気に入られている過去の自分も、利用するしかない。

私は箸を置き、姿勢を正してはっきりと告げた。

「宰さん。あれから考えたんですけど、あなたが探している女性……私、心あたりがあるんです」

宰さんは驚き、「え？ 本当に？」と微笑んでいる。私は少し前のめり気味になり、彼を見つめたまま言い放った。

「ちょっとだけ、待っていただいてもいいですか？ 私、その人を見つけます！ 私が、宰さんと彼女を、会わせてみせますから！」

このチャンスを逃したくない。前の体型に戻して彼好みのぽちゃ子になるんだ‼ 私の未来のために、そしてこの恋心を無駄にしないために。

それは痩せることを決めたときと同じほどの、一大決心だった。

＊　＊　＊

「……ってことでね、私、元の体型に戻ろうと思うの」

仕事終わり、会社近くのおいしくてボリュームがあり、しかもリーズナブルだと評判のお店で、私は加奈子に報告した。

満面の笑みの私に対し、加奈子は目を丸くさせ、ぽかんと口を開けている。

「……え、なんでそうなった？」

「言ったでしょ？　富士崎部長が好きなのは、ぽっちゃりしてた私。だから、彼に気に入ってもらうために、彼好みの体型に戻るの。それからもう一回、富士崎部長の前に現れて、告白する！」

「それで、この料理……？」

加奈子が言っているのは、私たちの前に置かれている大量の料理のこと。

フライドチキン、パスタ二種、ピザ一枚、ポテトにサンドイッチを頼んだ。これに後でデザートを注文する予定だ。

「前はこれくらいひとりで食べてたんだけどね。まだ本調子じゃないと思うから、加奈子にも手伝ってもらおうと思って。もちろん、ここは私の奢り！　……って、加奈子？」

力説するほど、加奈子の頭はどんどん傾いていく。うな垂れているようにも見えるその姿に私は不安になり、「どうしたの？」と尋ねた。

「……我慢できない」

「へ？」

突然加奈子は顔を上げ、私を指差した。

あれ、なんかデジャブ……。ダイエットする前にも、こんなことをされたような。

そのときと同じ危機感を抱きながら、冷めた表情をする加奈子を見つめた。

「……言っておくけどね、陽芽。今からメタボに逆戻りしたら死ぬよ？」

加奈子の言葉は私を驚愕させ、恐怖心を与える。

え……。えぇー!?　私、死ぬの？

ただでさえ〝死〟という物騒な単語を言われているのに、加奈子の鬼のような形相が、私の恐怖心をさらに掻き立てる。

私は苦笑いを浮かべながら、「ははは……」と笑って誤魔化そうとした。

「そんな、死ぬなんて大袈裟な……」

「メタボリックシンドローム、通称メタボ。それに付随して起こるとされる疾患《しっかん》は、高血圧、糖尿病、脂質異常症、高尿酸血症、動脈硬化。果てには、心筋梗塞、脳梗塞……。初期に対処がなされなければ、その先に待ち受けるのは死あるのみ！」

加奈子の気迫で、周りまでなんだかシンとなっている。『お店の中だから静かに』とも言いにくい状況で、私は膝の上に手を置き、黙って耳を傾けるしかなかった。

宮野加奈子。高花大学・栄養管理学部卒業。保持資格は、栄養士と英検二級。

彼女は栄養に関する知識を買われ、商品管理部に配属されたのだ。加奈子に栄養関連のことを説かれたら、私はなんの反論もできなくなってしまう。

「健康を失ってまで叶えたい恋愛がある？　どうせするなら、安心かつ安全な恋にして！」

私はこの後青ざめながら、おいしい料理もそっちのけで、『安心かつ安全な恋』とはなんたるかを加奈子と話し合う羽目になったのだった。

心も体も引き締めて

パターン1：おいしく食べる姿がステキ

『ぽちゃ子が好きっていうより、食べる姿が好きっていう可能性はない？　おいしく食べてれば、痩せてる子でもかわいいよ！』

加奈子にそう言われ、『たしかに』と素直に思った。

ぽちゃ子が好きだからといって、決してメタボ体型の子ばかりが好きということにはならないだろう。つまり、ぽちゃ子の持っているイメージを私が体現すればいい話なのだ。

でも、食べる姿なんて、もう二回も見せている。私そのとき、ちゃんとおいしそうに食べてたかな？　思いのままに食べてたから、正直よく覚えていない。『おいしそうに食べるね』とは言われたけれど、その場の流れでなんとなく言っただけかもしれないし。

「次のチャンスなんて、そうそう回ってくるわけないしなぁ……」

会社終わりに料理屋さんに行った日。正直なところ、宰さんはなぜこんなに早く帰宅できたんだろうと、不思議だった。

後から先輩に聞いたところ、残りの仕事は翌日かなり早めに出勤することでカバーしていたらしい。休日出勤もしているみたいだし、一度目にケーキ屋さんの前で会えたのも運がよかったのだろう。

会いたいけれど、迷惑はかけたくない。頭を悩ませ、ため息をつくと、うしろから肩を叩かれた。

「なに、ボーッとしてるんだよ？」

声をかけてきたのは、同期の田嶋《たじま》くんだ。入社したときに同じ部署に配属されてから、なにかと仲良くしている。

まぁまぁかっこいいし、気さくで話しやすいけれど……、ちょっかいの出し方が少しキツめというのがたまに瑕《きず》だ。

私は太っていた頃、周りから厳しめのからかいを受けることもしょっちゅうだった。だから免疫ができているのか、彼に頻繁に辛辣な言葉を浴びせられても、それほどショックを受けずに済んでいる。

「なに、田嶋くん。ボーッとなんてしてないけど」

「してたろ、どっか遠く眺めて。よだれ垂らしてたりして」

「絶対垂らしてないから。子供っぽい冗談やめてよねっ」

　私が反論すると、田嶋くんはニヤニヤと笑っている。

　あーあもう、田嶋くんといるといつもこうなっちゃう。多分この人には、私がおとなしい女子ではないこと、バレバレなんだろうなぁ。

「ところで佐伯、来週の金曜日空いてる？」

「うん、空いてるけど」

「じゃ、参加でいいか？　富士崎部長の歓迎会その日になったらしくてさ。バタバタしてて、遅くなっちゃったんだけど」

　そういえば、宰さんの歓迎会やってなかったっけ。彼がうちの部署に来てからいろいろ起こっていたから、忘れていた。

「わかった、金曜ね。幹事ありがとう」

「おう、頼んだぞ」

　田嶋くんを見送ってから、『あれ、もしかして、これって大チャンス？』と気づく。今度の飲み会でもう一度おいしく食べる姿を見せればいいじゃん。ついでに、もっと宰さんとの仲を深める作戦だ。

　よーし、来週の金曜日が勝負！　私は手帳を開き、金曜の欄に『勝負！』と赤字で書き足した。ただの飲み会に、こんなに胸が高鳴ったのは初めてのことだった。

＊　＊　＊

「富士崎部長、向こうでのお話聞かせてくださぁい！」

「転勤先でも、かなりの成果出されたんですよね？　さすがですぅ」

「前のところと今と、部署にいる女の子ってどちらが魅力的です？」

私は先輩たちに囲まれる宰さんを横目で見ながら、机の端でひとつ鶏の唐揚げを頬張った。

さすがは宰さん。次期社長に挑むなんて無謀だとはわかっていても、女性の挑戦心を焚きつけてしまうんだな。

その輪に近づける気などまったくせず、私はひっそり端で静かにしているしかなかった。

「なんだ、佐伯はひとりでこんなところにいるのか」

そう言ってドカッと横に座ってきたのは、田嶋くんだ。彼は横に座るやいなや「あー、やっと一段落だぁ」と持ってきたビールを煽《あお》りはじめる。

「ひとりだって、しょうがないじゃない。ほかの人はみんな、お……富士崎部長のところに行ってるんだから」

「お前も行けばいいだろ。……って無理か、佐伯は。どうせ相手にされないし」

「……もぉー！　わかってることをわざわざ言わないでよねっ！」

田嶋くんのツッコミは普段なら笑いとばせるのに、なんだか今日は深く刺さった。

綺麗な先輩たちでさえ無理なのに。こんな私なんて、尚更……。

そうだよね、私が彼の目に留まるなんて無理な話。それなのに、食べる姿で惚れてもらえるかもなんて、浅はかな考えだ。

田嶋くんは急にテンションの下がった私を訝《いぶか》しげに眺めていたけれど、とくに気にならないのかテーブルの唐揚げへと手を伸ばした。

「お、うまいな。佐伯も食えよ、ほら」

「いいよ。さっきもらったし」

「一個も二個も変わらないだろー」

そう言って、田嶋くんは箸でつかんだ唐揚げを私の口の前に出してくる。目を丸くし、おどけた表情をしてみせるけれど、彼の姿勢は変わらない。

「本当にいいから、田嶋くん。私、もうお腹いっぱいで……」

「いいだろ、あとひとつくらい。ほら！」

田嶋くんはかなり強引に唐揚げを推してくる。酔ってるのかな……。頑《がん》として私に食べさせる気らしい。

しょうがないな、と意を決して、その唐揚げにかぶりついた。

「おー、デカい口！　佐伯、食べっぷりいいなぁ、気に入った！」

「ほうでふか……」

口をモゴモゴさせながら、会釈してみせる。

田嶋くんに気に入られても、仕方ないのに……。でも、加奈子の言っていることはやっぱり間違いないのだと理解した。おいしく食べる姿を気に入ってくれる男の人も、ちゃんといるんだ。

「佐伯って細いくせに、結構食べるよな。実は腕は、割と太めだったりして？」

そう言うと、田嶋くんは私の腕を握ってくる。さらにそれを強めに揉むような動作まで加えてきた。

ちょっと！　酔ってるにしてもやりすぎでしょ！　腕を揉まないでー！　二の腕には隠しきれないぜい肉が残ってるんだから！

「た、田嶋く……！」

口の中の唐揚げをまだ飲み下せず、うまく声で対抗できない。その間も田嶋くんの手は私の腕を触っている。

手を振り払おうかと悩んでいた、そのとき、「田嶋！」と、ひときわ大きな声が部屋に響いた。

「君、幹事だろ。ちょっとこっち来て」

手を止め振り返る田嶋くんに、さらにそんな言葉が投げかけられる。

「もー、いいところなのに。なんですか、富士崎部長」

田嶋くんは私の手を解くと、立ち上がり宰さんのもとへと向かっていった。どうやら、飲み物の注文を頼まれているようだ。

助かった……。ていうか、田嶋くん『いいところ』だなんて、いったいなんなんだろう。

掴まれたところをさすりながら、宰さんの方を眺める。注文を田嶋くんに伝え終わった彼は、私の視線に気づくとこちらを向いてなにか伝えようとしていた。

えっと、『大丈夫？』かな……？　もしかしたら、今、田嶋くんに声をかけたのはわざと？　私が困っていることに気づいて、助けてくれたのだろうか。そう思ったら、胸がドキドキと駆け足になる。

さっき腕を掴まれたときのような、強迫的な感じではない。自然と高鳴る鼓動が心地よい。

顔が熱いのは、少し飲んだお酒や、飲み会の熱気のせいばかりではない。

宰さんはやっぱり優しい人だ……。私の胸の内は、あのときと同じ穏やかな感情で占められていった。

歓迎会は終わり、みんなタクシーや電車で帰りはじめる。私も周りをうかがいながら、駅に向かおうかなと徐々に移動を試みていた。

すると、それに気づいた田嶋くんが「佐伯！」と声をかけてきた。

「佐伯は、誰か一緒に帰るやついるのか？」

「いや、私と同じ方向の人はいないから……」

「そうか、しょうがないなぁ。だったら、俺が送っていってやるよ」

多分、善意で申し出てくれてるんだろうけれど、思わず体が強張り不安を抱く。それはさっきの、あの行動が原因だろう。

おそらく、あれはお酒の席での気まぐれ。もうあんなことはしてこないと思う。

でも、なにがきっかけでまた体に触れられるかわからないし。それになんとなく、今夜は彼と一緒にいたくなかった。

「ひとりだと危ないだろ、そうしろよ」

「いや、でも、申し訳ないし……」

思ったよりも強い押しに、どうやって断ろうかと頭を悩ませる。

「たしか佐伯さんの最寄駅、俺と同じ方向だったよね」

そのとき、まるで私への助け舟のように、低い声が割り込んできた。声のした方へ振り返ると、そこにいたのは宰さんだった。さっきのことが思い出されて、心臓がひとつ大きく跳ね上がる。

「だよね？　佐伯さん」

ニコリ、と宰さんは無敵の笑顔を向けてくる。

でも、その意図がわからない。だって、私は彼の家なんて知らない。だから、彼と方面が同じかどうかもわかるはずないのに。

私も彼に自分の家の場所は教えていないはずだ。もしかしたら、宰さんは上司だから調べて知っているかもしれないけれど。

「ほら、この前会ったとき、そんな話になったじゃないか」

「そう、でしたっけ……？」

曖昧に苦笑いで対処していると、宰さんはこちらへ大股で近づき、私と田嶋くんの間に割って入った。

「彼女は俺が送っていくよ。田嶋、今日は俺のためにありがとな。幹事お疲れ様」

宰さんはそう言うと私の方へ向き直り、「行こうか」と微笑んだ。

「え？　えっと……」

私は困惑し、宰さんと田嶋くんを何度か見比べた。けれど、どんどん宰さんは遠ざかっていってしまう。

私は颯爽と立ち去るうしろ姿を追いかけながら田嶋くんに、「ごめん、行くね。お疲れ様！」とだけ伝えた。

しばらく行ったところで、私は「富士崎部長！」と彼を呼び止める。ゆっくり振り返る宰さんに、当惑の表情しか向けられない。

「どうしていきなり、あんなこと言ったんですか？『送っていく』だなんて……」

戸惑いと期待が半分ずつ、心の中を占めている。ビルの光が遠くで輝く様をバックに、宰さんは苦笑いを浮かべ、あきれたようなため息をついた。

「あぁでもしないと、彼、強引に君を送り狼しそうだったから」

自分には似合わないその単語にギョッと目を剥く。

送り狼……。田嶋くんが？　私を？

「な、ないですよ……。私なんか」

手を横に振って、宰さんの言葉を否定する。けれど彼は、「やめなよ」と言って、私の言葉を制止させた。

「自分のこと、『なんか』なんて言うもんじゃない」

鋭い視線と強い口調で言われ、身が縮む。

本当にありえないと思っただけなんだけどな……。シュン、と頭を垂れると、その上から「ごめん、君のことで怒ってるわけじゃないから」という優しい声が聞こえてきた。

「怒ってるのは、田嶋に対して。幹事だっていうのに、うつつを抜かして……」

「そんな、うつつを抜かすって……。ただのコミュニケーションじゃないですか」

「コミュニケーション？　唐揚げを無理やり食べさせるのが？　嫌がってるのに、腕を無理やり掴むことも？」

宰さんがこともなげに並べる言葉に、目を丸くした。

見てたんだ、宰さん。はじめから気づいていてくれてたんだ、嫌がっていたこと。

「見ていらしたんですね……」

「うん。嫌なら言えばいいのに」

「お酒が入ってるせいかな、と思って。邪険にしたくもなかったですし」

「多分、唐揚げ食べてもらえたから、もっといけるかもって思っちゃったんだよ。どうしてあんなに簡単に田嶋から『あ～ん』とかされちゃうの。男が女の子に食べさせてあげたいって思う理由、ちゃんとわかってる？」

「え……？　理由、ですか？」

そんなこと、考えたこともなかった。ていうかそんなシチュエーション、最近やっとお目にかかるようになったんだから、考えたことあるはずがない。

「すみません、わかりません。……私そういうことされたの、この前富士崎部長にされたのが初めてでしたから」

正直に答えシュンと頭を垂れると、頭上から「ホント不用心……」という声が聞こえてきた。

「え？　なんですか？」

「いや、ごめん。こっちの話。……まぁ、たしかに部署内の人間関係も簡単にはいかないんだろうけどさ」

宰さんは言葉を切ると、口をつぐんでしばし黙ってしまう。

その表情は眉根が寄り、いつもの笑顔は消えている。けれど、恐ろしい雰囲気ではない。切実という言葉が似合うような、少しゆがんだ表情に思えた。

「もし嫌なこととかつらいことがあったら、俺に言ってよ」

「……え?」

「できることで、力になる。俺は、君の上司だからさ」

詰まった息が、『上司』という言葉で回復する。

びっくりした。そうだよね、上司だから相談しろってことだよ。ほかのみんなも一緒。私だけじゃない。特別扱いなんかじゃないんだ。

でも、うれしかった。見守ってくれてることが、たまらなく幸せに思えた。

「……そろそろいいかな」

宰さんはそう言うと道路の方へ近づき、手をあげてタクシーをとめた。

「ほかの人たちも見えなくなったし、そろそろタクシー拾ってもいいと思ってね」

「え、でもさっきは最寄駅がどうのって……」

「駅行くより、タクシー拾った方が早いよ。さ、乗って」

促されるまま、私はタクシーの後部座席に乗り込んだ。

そういえば説明会の日も、こうやって彼がタクシーに乗せてくれた。ずっと大事にしている懐かしい思い出が、よみがえる。

けれど今回違うのは、宰さんが隣に座っていることだ。三人の乗るところにふたりだけだから、間はもちろん空いている。けれど、少し緊張を緩めれば触れてしまいそうな距離感に、気が抜けない。

「そういえば、例の彼女のことなんだけど……」

宰さんの言葉に、ドキリと肝が冷える。宰さんの言う『彼女』は当然、説明会で会った子、つまり太っていた頃の私のことだろう。

どうしよう。あんなに堂々と『会わせてみせる』って豪語したのに。まだ体型は戻ってないし、むしろ加奈子からリバウンド禁止令を出されてしまったくらいだ。

「あの、まだ見つかってないんですけど、でも、もう少し……」

「いや、そんな無理に思い出さなくてもいいんだ」

予想外の言葉に私は、目を瞬かせた。

部下の私に『一緒に探してほしい』と頼むくらいだったのに、なんでそんなことを言うのだろうか？

「思えば、だいぶ前に会った女の子のことをいまだに未練がましく思っているのも、男らしくないと感じてね」

タクシーの中に入り込む光は、ささやかなビルの明かりくらいで、彼の表情はよく見えない。

宰さんはどんな気持ちでこんなことを言っているの？　私のことは、もうあきらめてしまうんだろうか？

「彼女を見つけるのは、もうやめるってことですか……？」

「やめてはいないよ。でも、一時休止かな。これから会社を担う存在になるっていうのに、過去ばかり見てはいられないだろう？」

私の問いに、宰さんはためらいもなく答えた。

たしかに、そうだ。宰さんはただでさえ忙しい人。部長の仕事だけでなく、社長の息子としての特別な役割だってあるはずだ。

昔の私という存在をきっかけに、少しは近づけたかもしれないと思っていたけれど、そんなのとんだ思い上がりだった。

やっぱり、この人と私は違う世界の人なんだ。まるで捨てられた仔犬のような気分になり、心の奥底から悲しみがわき上がる。

理解できるのに、現実を受けとめるのがつらい……。

私はそっと、彼とは反対側の窓を眺めた。すばやいスピードで都会の喧騒が通り過ぎていく。その様子はまるで、私だけ取り残されているみたいな気持ちにさせる。

私がこうやってこの人のことを思い続けるのも、未練がましいと言われてしまうのだろうか。

でも、探してしまう。この人の中に、今の私はいないのかな。ぽっちゃりとした体型じゃなくて、落としたイヤホンジャックじゃなくて。もっと、見た目以外の部分が、微かにでも残っていないだろうか……、って。

「そういえば、説明会の日、彼女もこうやってタクシーに乗せたんだ」

突如そう声をかけられ、息を呑んだ。視線を戻し宰さんを見つめると、彼は前をぼんやりと眺めている。

「そうなんですか……」

「うん。そのとき彼女、『絶対、うちの社員になる』って言ってたんだよ」

彼の言葉と、ビルの微かな光で映し出されるやわらかな表情に、胸がひとつ大きく弾んだ。

それはたしかに笑顔で、優しいものなのに、なぜか切なさまで込み上げてきた。

「あの約束、彼女は忘れてしまったのかな……」

小さな声で吐露する宰さんの姿に、私の胸はキツく締め上げられた。

「……そんなことありませんっ！」

急に大きな声で主張した私に、宰さんが呆気にとられているのがわかる。

どうしよう。口に出してしまったらもう引き戻れない。私はなんとか口を開き、今の状況を取り繕った。

「あの、……もしかしたら、別の支社とか、関連した子会社とか……、そういう形で働いてるかもしれません。それに、就職試験を受けても採用されなくて、でも中途採用で入ろうってもがいてるかも、だから……」

言いたい、本当は。『あなたに会いたくて、この会社を目標にしたんです』『受かるためにダイエットまでして、本当に死に物狂いでがんばったんです』って。そして、『あなたの部下になる夢を叶えたんです』、って伝えたい。

でも、今の私には打ち明ける資格がないから……。

「彼女のこと、信じてあげてください」

信じてくださいと、今はそう願うしかなかった。

私たちは見つめあったまま、ただ沈黙を保っていた。この視線を逸らしたらなにかに負けてしまいそうで、私は必死で彼を見つめ続けた。

「信じるよ」

宰さんは口端を緩くカーブさせ、そうつぶやいた。

「俺は信じるよ、その子のこと」

その言葉に安心感が広がっていき、こらえていた息を深く吐いた。

「はい、ありがとうございます」

うれしくて発狂してしまいそうになり、ギュッと目をつむる。口もとには、隠しきれない笑みが浮かんでいた。

タクシーが止まったことに気がつき窓の外を確認すると、そこは私のマンションの前だった。鞄に手を掛け、運転手の前にある料金メーターを確認しようと首を伸ばす。

「えっと、お金……」

「いいよ、ここは。俺が無理やり乗せちゃったようなものだし。それに、陽芽いつもがんばってるからね」

「……ありがとうございます」

あのときの約束。私、ちゃんと果たせてる。言えないけど、伝えられないけど、私はこうして、彼と一緒に働く部下として前に立つことができてるんだ。

「送ってくださってありがとうございました。おやすみなさい」

「あ、ちょっと待って」

降りようとしたところを、宰さんに呼び止められる。私は振り返り、肩越しに彼を見つめた。

「あのさ、田嶋がうつつ抜かしてるって言ったやつだけど……。あれはやっぱり俺の公私混同だから、撤回させて」

「公私混同？」

田嶋くんと別れてすぐに宰さんが言っていた言葉。たしかに、いつもの宰さんにしてはキツい言い方だなとは思った。

でも、その理由が〝公私混同〟だということは理解できない。

「どういうことですか？」

「まぁつまり……なんか悔しかったんだよ。おいしそうに食べるあのかわいい顔が、俺だけのものじゃないんだと思ったらさ」

微かに見える宰さんの頬は、少し赤らんでいるように見える。

彼は顔を逸らしたまま、「じゃあ、それだけだから」とつぶやいた。

「はい……。おやすみなさい」

自動で開いたドアからタクシーを降り、振り返ったときにはもう扉は閉まっていた。

代わりに開けられた窓から、宰さんが顔を出す。彼は「また来週」とささやくと、すぐにタクシーを出してしまった。

私はタクシーのバックライトが見えなくなるまで、彼のことを見送る。

「もしかして、大成功……？」

食べる姿を『かわいい』って言ってくれた。あれは、その場のノリではない、ちゃんとした彼の言葉だ。

想像以上の宰さんの反応に、ついつい口もとがにやけてしまう。私は手の甲で口もとを押さえながら、スキップ混じりに自分の部屋へと帰った。

＊＊＊

パターン2：包容力に惹かれる
『ぽっちゃりしてる子って、なんでも受け止めてくれそうな感じがあるじゃない？つまり、包容力。それがあれば、同じ魅力になるかもしれないね』
ひとつ目の加奈子のアドバイスがうまくいったことに乗じて、私はふたつ目の提案である『包容力』に目をつけた。
でも、年下で部下の私が宰さんに包容力を示すなんて、とても難しい。そもそも、包容力ってなんだろう？

通勤中の電車に揺られながら、私は思いを巡らせた。

言葉通り、包み込む感じなのかな。あとは、ゆとりがある姿とか、寛容さとか？

入社二年目で、まだゆとりなんてあるはずもない。寛容さは、示すどころか示してもらってばっかりだ。そもそも、それを部長である宰さんに対して示すなんて、何年経っても難しいことなんじゃないかな。

あきらめかけたとき、私は名案を思いついた。

そうだ。なにも、宰さん相手じゃなくてもいいじゃない。同期に優しくしている姿でも、周りから見れば包容力になるのでは？

思いがけないグッドアイディアに、これだ！と、目をキラキラ輝かせる。

よし、今日の目標はこれに決まり！　同期の子に包容力を示して、宰さんに見直してもらうんだ。

私は決意を胸に、会社の最寄駅に着いた電車を後にした。

「佐伯、この前は悪かった！」

通勤して早々、田嶋くんからそう切り出された。彼は合わせた手のひらを顔の前に置き、深く頭を下げている。

「俺、酔ってたみたいで、かなり失礼なことしてたらしいな。後から富士崎部長に言われて、反省したよ……」

宰さん、こんなところでフォローしてくれてたんだ。本当に素敵な上司に巡り会えて、私は幸せものだと思った。

田嶋くんはおずおずと顔を上げ、私の様子をじっと確認している。

正直、この前の行動はちょっと失礼だった。でも、こういうときこそ大人にならなきゃ。

「いいよ。そういうこと、誰でもあるしね」

これぞ、包容力だ！と私は鍛え上げた笑顔を披露した。

すると、田嶋くんがまとっていた緊張感が抜けていったのがわかった。

「サンキュ！　佐伯ならそう言ってくれると思ったよ。むしろ、俺の隣にいられて感謝してほしいくらいだ、なんてな！」

……相変わらずの自意識過剰発言。せっかくの謝罪も台無しだ。あっという間にいつもの調子に戻ってしまい、逆にあきれてしまう。

田嶋くんは、「じゃあな！」と笑い、意気揚々と去っていく。

あの調子のよさがなければなぁ、なんて思わずため息をつく。

「佐伯さん、ちょっといい？」

うしろから声をかけられ、振り返った私は目を見開いた。呼ぶ声の主は宰さんだったからだ。

「なんですか？　富士崎部長」

「朝イチで悪いんだけど、会議室のセッティングを手伝ってくれるかな？」

「はい、もちろんです！」

宰さんの後について、会議室へと向かう。

同じフロアの奥にあるこの会議室は、少人数での会議によく使われていて、下っ端の私は何度も準備に駆り出されていた。

「ここに、十人分の椅子をセットしてほしい。両脇に五つずつ、前にはホワイトボードを。それと、この資料を一部ずつ前に置いてもらって……」

宰さんから直々に指示をもらうのは初めてだけれど、彼の説明は丁寧で、とてもわかりやすかった。

「なにか確認したいことは？」

「いえ、ありません。……あの、この前は送ってくださってありがとうございました。

あと、田嶋くんへのフォローも……」

私の言葉に、宰さんは「あぁ、あれ」と小さくうなずいている。

「まぁ、俺は少し釘を刺しただけだよ。それがちゃんと伝わってくれてるといいけど」

「ちゃんと伝わってました！　ありがとうございました。……それじゃ、さっそく準備始めますね」

私はまず、椅子のセッティングから始めようとした。

椅子の個数を確認し、足りない分を端に重ねてあるもので補充する。

「……田嶋は、陽芽に対していつもあんな感じなの？」

「え？」

急に宰さんにそう声をかけられ、私は椅子に手をのせたまま彼の方へ顔を向けた。

なんで、ここで下の名前？　会社で、誰が聞いてるかもわからないのに……、と考えたところで、密室にふたりきりでいることを思い出した。

ふたりきりだから、名前で呼んだってこと？　さっきとは違う緊張感に襲われ、体が熱くなっていく。

「えっと、田嶋くんですか？　あんな感じって、どういうことでしょう？」

尋ねると、宰さんは少し顔をしかめながら、再び口を開いた。

「この前とか、さっきとか、ふたりで話してるときのことだよ。あんなふうに、いつも辛辣というか、見下したような物言いなのかな？」

『辛辣』とか『見下した』とか、イメージの悪い言葉が並び、ヒヤヒヤしてしまう。

これじゃ、田嶋くんのイメージに瑕がつくんじゃ……？

『それはいけない！』と私はしどろもどろになりながら、必死でフォローを試みた。

「たしかにそうも見えますけど……。でも、あれは彼なりに親しくしようとしてるんだと思いますよ！　言葉はちょっと上からで大胆ですけど、根は悪い人じゃないですから……」

視線をさまよわせながら、たどたどしく告げる。

ちゃんと伝わったかな？　恐る恐る宰さんを見つめると、彼は無表情だった顔を和らげ、優しく私に微笑みかけた。

「陽芽は、心が広くて我慢強いんだね」

褒め言葉に、張り詰めていた空気が解けていく。

あれ？　もしかして、これって包容力アピールになってるんじゃない？　作戦は成功ってことかな？

期待通りになったかもしれない、と浮かれそうになっていたとき。「でも、ね……」と少し低めの声で語りかけられた。

「え……？　富士崎部長……」

心臓がドクドクと速くなり始めたのは、宰さんの醸し出す雰囲気が妖しくなったからだけではない。

彼は、私が触れている椅子に、同じように手をのせたのだ。しかも、私の手のすぐ横に。

触れそうで触れない距離というのが、余計に緊張感を煽っていく。

手が近くにあるということは、自然と私たちの体の距離感も近くなっているということで、彼の顔を見つめるためには、顎をしっかり上げなくてはいけなかった。

「あまり、田嶋を許してばかりじゃいけないよ。ああいうやり取りがあたり前になっているのは、彼のためにも周りにとってもよくないと思う。これからもここで仕事していくにあたって、悪い影響を与える可能性もあるんだからさ」

「悪い影響……？」

「彼のイメージが下がったり、彼の言葉に傷つく人が出たり、とかかな」

真正面から厳しい指摘を受け、浮かれた気分からハッと目が覚めた。

私は田嶋くんの言葉に対して、簡単にその場をつくろう方法ばかり探していた。

周りで彼の言葉に傷ついている人がいても、それを彼に伝えることさえしなかった。あの性格によって彼のイメージがすでに悪くなっていることも知っていたのに、それを指摘しなかったのは、きっと巻き込まれるのが面倒だったんだ。

「周りに知らせることも必要だよ。陽芽が本音を言うのも、大事なことじゃないかな」

宰さんの言葉で、数年前のことを思い出す。

私は大学生の頃、加奈子に自分の体型について直接的に指摘された。そのときはショックを受けたけれど、おかげで自分の体型をコントロールすることを学び、この会社に就職することができたのだ。

あのとき、加奈子が私のために正直に言ってくれたおかげで、今、私はここに立つことができている。

それに対して、私はどうだろう。私は、彼に真剣に向き合っていなかったんじゃないだろうか。

「……そうですよね。ちゃんと教えてあげなくちゃ、彼のためにならないですよね。そういうことまで考えてあげるのが、本当の仲間ですよね！」

私だったら、社会人として足りないところはちゃんと教えてほしい。きっとそれは、田嶋くんだって一緒だ。同期なんだから、指摘し合って、互いに高め合っていけるはず。

　私の言葉に、宰さんは少し困ったように笑った。

「でも、陽芽がすべてを背負う必要はないんだよ？」

「そんなことないです。だって、私は彼の身近にいる同期で、一番本音を言える立場にあるから……」

「あぁ、〝本音〟っていうのはそういう意味じゃなくて……」

「え？　じゃあ、どういう意味ですか？」

「それは……」

　宰さんはそこで言葉を切る。彼はしばらくなにか考え込むと、「つまり……」と言って私の方へ真っ直ぐな視線を向けた。

「俺はただ、陽芽が心配なんだ」

「……え？」

「陽芽が田嶋の言葉に傷ついて悲しい思いをしてないかって、それが心配なんだ。だから、なにか悩んでることとか言いたいことがあれば、早めに身近にいる俺に気兼ねなく〝本音〟を言うこと。いいね」

　私は、自分が田嶋くんに本音を言うのが大事、という意味に捉えたんだけど……。

本音を言う相手は、田嶋くんじゃなくて、宰さんのことだったんだ。

まさかそんなに優しい言葉をかけてもらえるとは思わず、しばらく惚けてしまう。

すると、宰さんは少し体を屈め、「返事は？」と促す。

「は、はい……！　なにかあれば、真っ先に富士崎部長に伝えます！」

私はつい、左手を額に持っていき、敬礼のポーズを取った。

「いい子いい子」

そんな言葉とともに、頭にのる優しい温もり。

これは、いわゆる頭ポン？　こんなシチュエーションに慣れていない私は、ドギマギして、目を何度も瞬かせていた。

けれど、宰さんは変わらず私の頭を優しくなでる。

あぁ、今回は作戦失敗……。この人は、なんて包容力を見せてくるんだろう。

ダメなところはきちんと指摘してくれて、でも、できてるところはちゃんと褒めてくれる。つらいことも悩みも彼に任せていいんだと、安心感に包まれていく。

「……あと、ここからは俺の私情をはさむけど」

宰さんは手を離すと、そう前置きして、バツが悪そうに視線を逸らした。

「正直、さっき言ってたのは突き詰めれば全部、俺の勝手な言い分なんだ。ふたりの様子見てひとりでイライラしてたから……」

「え？　イライラ⁉　ご、ごめんなさい……！」

宰さんがイライラした？　誰に？　もしかして私⁉

ビクビクと体を縮こまらせると、宰さんは「……違うよ」と苦笑する。

「陽芽が田嶋と仲良さそうに話しているのを見て、イライラしただけ」

その表情が本当に悔しそうにゆがんでいて、ドキドキする。

ヤキモチ妬かれてるみたい。……も、もちろん、そんなはずはないけどね！

でも、すごく大事にされているように思えて、心にじんわりと穏やかな空気が広がっていく。

「あ、こういう特別扱いって、マズいかな？　頭なでた時点でアウト？」

そうおどけて言われ、私は慌てて激しく首を横に振った。

だって、これが特別扱いなら、私はもっとしてほしいもん。

すると宰さんは「じゃ、これはふたりだけの秘密ってことで」とささやき、口の前に人差し指を立てた。

その口もとは楽しそうに微笑んでいて、それを見るだけで私の顔は赤くなっていく。

『ふたりだけの秘密』。

その言葉で、胸に温かいものが広がっていく。

「じゃあ、ここの準備よろしくね」

「はい、ありがとうございました」

宰さんは笑顔で会議室を去っていく。そして私は、浮かれた頭を必死に仕事モードに切り替え、言われたように会議の準備を進めていった。

「あ、いたいた。佐伯、おせーよ!」

しばらくして、ノックもなしに入ってきたのは田嶋くんだ。

「いないと思って探してたら、まだここにいたのか。準備にどれだけ時間かけてんだよ。トロいなぁ、佐伯は!」

田嶋くんは相変わらずの皮肉を飛ばしてくる。

あーあもう、普通の女の子だったら泣いてるかもしれないよ、こんなこと言って。

あきれて軽くあしらおうかと思ったけれど、私は宰さんの言葉を思い出した。

「……田嶋くん。そういう言い方、会社ではやめたほうがいいかもよ」

「へ?」

私の指摘に、彼は目を丸くしている。

いつも笑って誤魔化していたから、こんなこと言うなんて予想外なのかもしれない。

でも、今日はちゃんと言う。

「私は慣れてるけど、田嶋くんの言葉に傷つく人だっているんだよ。田嶋くんだって、嫌がらせされたとか、イジメられたとか、言われたくないでしょ？」

イジメは誰だってされたくない。でも、その気がないのにイジメられたと言われることだって、されたい人はいない。

周りの人との関係は、田嶋くんの心がけひとつで大きく変わるはずだから。

「私、田嶋くんのいいところも知ってるよ。私はもっと、それを周りの人に知ってもらいたいな」

誰にでも明るく声をかけてくれるところや、みんなを盛り上げてくれるところ、本当はよく周りを見ているからこそ、いろんなことを言ってしまうところも、すべて田嶋くんの魅力だ。少し不器用なだけなんだって、一年もそばにいればわかる。

私の言葉に、田嶋くんははじめ苦々しげな表情をしていたけれど、最後の言葉でその瞳に生気がよみがえる。

「……佐伯がそう言うなら、しょうがないな！　これからちょっと、気をつけてみる」

「うん、その方が私もうれしい」

大事な同期の仲間だもん。ずっと一緒にがんばっていたい。お互いにダメなところは指摘して、頼りあっていきたいよね。

「じゃ、私も部屋に戻るよ。田嶋くんは先に行ってて」

最後の資料を配りきった私はそう伝え、最終チェックをして、部屋の電気を消す。

私も、宰さんみたいに同僚や部下に余裕の包容力を見せられるようになりたいな。

オフィスに戻る間、そんなことを考えていた。

＊　＊　＊

パターン３：癒し系がお好み
『太めな子の特徴は、ふわっとした雰囲気、つまり癒し系ってことじゃない？』

前回の『包容力』はむしろ彼に見せつけられてしまったから、今回はちゃんと自分の魅力を見せなくちゃ。私は前回にも増して意気込んでいた。

加奈子が次に言っていたのは、『癒し系』というポイントだ。

そもそも、癒し系ってどんな感じの子を指すのだろう。家庭的、とか……？　それだと、料理かな。ひとり暮らししてるし、ダイエット中は完全自炊だったから苦手ではない。けれど手作りのお弁当だなんて、絶対に先輩たちからなにか言われるし、きっと宰さんも、急にお弁当なんて重いって思うよね……。

「なに負のオーラ出してんだよ、佐伯。こっちまで、暗くなるぞ」

そう声をかけてくるのは、田嶋くんだ。私はじろりと睨みつけ、無言で圧力をかけた。

「……っと、あー、元気ないみたいだけど、なんかあったか……？」

田嶋くんは、たどたどしくそう言い直した。

この前、私が指摘したことを意識してくれているらしく、素直な彼に思わず笑みが漏れる。

「ううん、なんでもないよ。ありがと」

「おぉ！　それならよかった。もし、なんか相談したいこととかあったら、俺に言えよな。力になるから」

田嶋くんは優しくそう申し出てくれる。

それなら……と、私は椅子をくるりと反転させ、田嶋くんの方へ真っ直ぐ向き直った。

「田嶋くんは、女の子を見て、どんなときに癒されるなぁって思う？」

「え？　俺？　いきなりどした？」

突然の質問に田嶋くんは目を丸くし、なぜか頬を赤らめていた。

斜め上を見つめ、「えー、なんだろうなぁ」とつぶやきつつ、私への答えを考えてくれる。

「俺だったら……笑顔とか？　あとは、苦手なことでも一生懸命やってるところとか見ると、癒されるかも」

「ふーん、そうなんだ」

「まぁでも、好きな奴の隣にいれば、それだけで癒されるけどな！」

満面の笑みで田嶋くんはそう告げる。その言葉に思わず、表情が強張ってしまった。

それを言ったら元も子もない。だって、こんな画策するみたいに、計画的にやっているのは宰さんに好かれるためで、もし好かれている自信があれば、こんなに苦労するはずないもの。

「……ありがとう、田嶋くん。参考にする」

「おう。またなんでも聞けよ」

田嶋くんは得意げな顔をして、私のもとを去っていった。

まるで、結局私のすることは無駄なのだと言われているみたいで、悲しくなった。

こんなの卑屈な考えだってこともわかってるけどさ。

「この付箋《ふせん》、書いたの誰かわかる？」

すでに仕事を始めていた宰さんが、部屋の奥からそう呼びかける。低いけれど、その声は端にいる私までしっかりと届く。

彼の掲げる手の中には、ピンク色の付箋があった。

「この前提出してもらった資料に付いてた付箋が取れたみたいだ。誰も出てこないようだから、読みあげるよ。『口に入れた瞬間とろける！　感動！　味は大人向けで男の人にも受けそう。舌に残る濃厚さを強調したい……』」

「わあぁぁ！　私ですぅぅぅ‼」

宰さんの読みあげる文面に、私は顔を真っ赤にして部屋の奥へと駆けていった。

そんなにいい声で、私なんかの文を読まないでくださいー！

デスクの前にたどり着くと、宰さんは付箋を私に向かって見せつけてくる。

「これ、もしかしてこの前試食したチョコのこと？」

「はい……。すみません、はずし忘れてて……。こちらで捨てておきますのでっ」

私は手を前で組み、少し頭を下げ気味に彼の次の言葉を待った。

「佐伯さん、これすごくいいね」

「え？」

「あのチョコレートのポイントを的確に突いてると思うよ。このまま販売に活かせそうだ」

私、この人に褒められたんだ。あまりのことに感動してしまい、返事も忘れて放心していた。

「佐伯さん！　なにか反応しなきゃ！」と脇から先輩に指摘され、私は慌てて頭を下げた。

「あ、ありがとうございますっ！　私にはもったいない言葉です」

「佐伯さんは、二年目だっけ？」

「はい！」

「そうか、やっと仕事にも慣れた頃かな。……ちなみに、今週は急ぎの仕事はある？」

「え？　ない、はずですけど……」

宰さんは課長へと視線をやり、「ちょっと佐伯さんに手伝ってもらいたいんだけど、いい？」と聞いている。課長は速攻で大きくうなずいていた。

「佐伯さんだから頼みたい仕事があるんだけど、いいかな」

そう言って彼が取り出してきたのは、大量の紙資料だった。

「これは、この前試食したチョコレートについて、社内でとったアンケートなんだ。

このアンケートをもとに、商品の方向性を決めることになる。そこで、これをまとめて、君なりに売り出す方向性を提案してくれないかな」

「私が、ですかっ……？」

「量も多いし手間もかかる大変な仕事だけど、これが商品の宣伝の一端を担うことになる。大事な仕事だ」

資料の多さだけじゃなく、仕事の重大性にも慄《おのの》いてしまう。

私の判断が、商品の売れ行きを左右するかもしれない、ってことだよね？　そんな大事なことを、私がやって大丈夫なの？

「ただの試食だけで、どの層に向けて売り出すといいか、どの点に注目して売り出したらいいのかまで考えられた君なら、きっとできる。任せていいかな？」

宰さんは確信に満ちた目で私を見つめている。本気で信頼してくれてるのだとわかり、その期待に応えたいと思った。

「はい、やりますっ！」

「助かるよ。量が多いから、向こうのブースを使ったらいい。こっちに来て」

私は必要な筆記具だけまとめ、彼の案内する個別ブースまで向かった。パーテーションで区切られたところに、長机ひとつと椅子がいくつか並んでいる。かなり資料が多いから、並べるためにはこれくらいの大きさは必要だろう。

「ここは一日使っていいよ。ノートパソコンもご自由にどうぞ。とりあえず今日また後から、報告を聞かせてね。じゃあ、頼んだよ」

「はい、がんばります」

私は宰さんを見送ってから、アンケートに目を通した。

量はざっと二百……。内容は、年齢と性別に始まり、味の感想、どんなときに食べたいかなど今回の商品についての質問や、いつお菓子を食べるか、なにが好みかという質問まで、幅広い。

「で、まずなにから始めればいいの……？」

やったこともない仕事内容に、早々に途方にくれる。すると、アンケートの一番うしろに、なにか違う紙が重なっていることに気がついた。

「作成ポイント……？」

そこには、手書きの文字でアンケート結果から企画案を提案するための要点がまとめられている。まさかこれ、私だけのために作ってくれたの？　宰さんの気配りに胸が熱くなり、さらにやる気がわいてきた。

【まずは全体に目を通しつつ、簡単な仕分けを。たとえば、性別や年代別など。その後エクセルで表を作ると、外観を捉えやすい】か。なるほど……。

私はそのアドバイスに従い、作業を進める。まずはとりあえず、気づいたことをまとめていった。

今回の商品は、〝上品〟とか、〝大人〟という印象を受けた人が多いみたい。たしかに、少しビターな風味のものだった。『苦くて苦手』という意見や、『甘いのが得意じゃないからこれなら食べられる』という意見も。

お菓子に求めるもの、おいしさ、かわいらしさ、上品さ……。お菓子を食べるとき、仕事の合間、帰宅直後などなど。

私は時間が過ぎるのも忘れ、その集計にのめり込んでいった。

「陽芽ちゃん、お疲れ」

「清水先輩！　お疲れ様ですっ」

「目処ついたら、ランチ行こ。食いっぱぐれちゃうよ」

時計を確認すると、すでに十二時を回っている。

「ありがとうございます、声かけてくださって」

「いきなりの仕事で大変だね、なにか手伝うことある？」

「いえ。富士崎部長が、まとめるポイントをわかりやすくまとめた資料を付けてくださったので、なんとかできてます」

　笑顔で返すと、清水先輩はホッとしたように表情を和らげた。

「富士崎部長は前ここにいたときもエースで、転勤してからもかなりの実績を出したらしいから、せっかくだし、たくさん教えてもらいなね」

「はい。……あの、部長が前ここにいたときって、どんな感じだったんですか？」

　恐る恐る尋ねると、清水先輩は「知りたい？」と笑みを浮かべた。

「いろんな意味で、みんなの注目の的だったかな。仕事できるし、人あたりいいし、社長の息子だしね。まぁだから、周りからの憧れ、羨望、嫉妬すべてがあの人に向けられていたわ」

　羨望、嫉妬……。華やかに思える世界の、決して綺麗ではない言葉に、胸が苦しく痛んでくる。

「でも、彼の仕事ぶりについては、誰も否定できなかった。彼の才能も、知識も、覚悟も、陰で噂する人たちとは比べものにならなかった、ってわけ」

「それで、広報部のエース……」

「彼のもとで働いていれば、絶対にいい影響を受けられる。数年一緒に仕事して、私が出した結論はそれだな」

清水先輩から感じられるのは、宰さんへのたしかな信頼。

私、そんな人のそばで働けてるんだな。今の環境に改めてありがたみを感じる。

「私、午後からもがんばりますっ」

「がんばれ！　そのためにはまずは食事！　さ、しっかり食べるよ！」

そう言って私たちは、ランチへと繰り出した。


昼休憩が終わり、腕まくりをして仕事を再開させた。

アンケートを見ながらまとめていくと、たくさんの発見がある。

お菓子に対してみんなが思うイメージは、少しずつ違いがある。ただの食べ物なのか、癒しなのか、一時《いっとき》の幸福なのか。

たかがお菓子、されどお菓子。人によってはひと月にかなりの金額をかけている人もいる。働いていてそれなりに年も重ねている人にとっては、お菓子はただお腹を満たすためのものじゃないってことなんだ。私なんて、お菓子は空腹が解消できれば十分って思ってたときもあったけどなぁ。

夢中でパソコンに向かってタイピングしていると、「お疲れ様」と声をかけられる。パーテーションの隙間へ目をやると、そこには宰さんが立っていた。

「富士崎部長！　お疲れ様です」

「もう、終業時刻だよ。今日のところはこれくらいにしときな」

嘘、もうそんな時間!?　時計を確認して、自分がどれだけ集中していたかを悟る。

「じゃ、少し見せてもらってもいいかな」

「はい！　お願いします。ちょっとお待ちください」

私はパソコンからプリンターへ出力し、資料をコピーする。プリンターからそれを取ってきて、宰さんの方へと差し出した。

「ありがとう。確認させてもらうね」

私は宰さんが確認している間、膝の上で手を揃えじっと判決のときを待った。

「うん、よくまとまってるね」

「本当ですか？」

「あぁ。年代別に分けた意識の違いなんか、なかなかおもしろいよ。狙う年齢層によって、アプローチの仕方は変わるしね」

宰さんの褒め言葉に、ほっとひと息つく。とりあえず、私に任せて失敗したとは思われなかったみたい。

「これでも十分だけど、少し意見させてもらってもいいかな？」

「もちろんです！　ぜひ、お願いします」

宰さんは私の方へ資料を出し、一点を指差す。今回のチョコレートから抱いたイメージをまとめたところだ。

「たとえば、これ。『かわいくて綺麗』ってあるけど、このふたつはニュアンスが違うから、分けた方が方向性は決めやすいかな。それと、『まろやか』とか『なめらか』っていう表現って、実は曖昧《あいまい》なんだよね。もう少し具体的に言ったほうがいい。たとえば、『舌にのせた瞬間溶け出すなめらかさ』とかね」

そうか、ニュアンスの違いを意識して表現すること、そしてイメージのしやすさが大事なんだ。

ただ書いてあることをまとめるんじゃなくて、書き手の意図を受け取って、それをまとめあげないといけないんだ。

「なんだか、見えてきた気がします！」

「それはよかった。残りは明日にしなよ。あと少し調節すれば、もうオーケーだから」

「いえ、今の感じを忘れたくないので、すぐ直しちゃいます！」

私はもう一度椅子に腰掛け、パソコンへと向かった。

指摘されたところを直して。あと、イメージが曖昧になっていたところに、説明を加えてみる。私はもう一度プリントアウトし、宰さんのもとへと提出しに行った。

「富士崎部長、できました！　確認していただいてもいいですか？」

宰さんは目を丸くしつつ、でもうれしそうに、「あぁ、もちろん」と言って資料を受け取った。

「うん、いいね。さっきより伝わりやすい。これで完成にしよう」

「ありがとうございます！」

よかった、宰さんに褒めてもらえた……！

満面の笑みで私は勢いよく頭を下げる。そのままの勢いで頭を上げ宰さんを見ると、彼はとても楽しそうに歯を見せて笑っていた。

「……どうかされましたか？」

「いや、陽芽の笑顔を見ると癒されるなぁと思って」

腕を組み、朗らかな笑みを向ける宰さんはとてもリラックスしているように見えた。

「きっと君の隣にいたら、いつも明るくいられるだろうね」

「そ、そんなこと……」

改まった褒め言葉に、頬が染まる。ソワソワと視線を巡らしていると、周りにすでにほかの人の姿がないことに気がついた。

「あれ？　どうして皆さんいらっしゃらないんですか？」

「今日はみんな、仕事は落ち着いてたからね。俺たちだけになっちゃったみたいだ」

「え、すみません！　私が待たせてしまいましたか？」

「いや、俺はもう少し仕事あるから、平気だよ」

待っていてくれたわけじゃない、とわかったら少しガッカリしてしまった。

……当然でしょ、だって部長だよ？　忙しいに決まってるじゃん。

「ほら、陽芽はもう帰りなね」という優しい言葉に促され、帰り支度を始める。けれどまだ宰さんと同じ空間にいたくて、支度の手はなかなか速くならない。

「陽芽、ちょっといい？」

背後から声をかけられ振り返ると、宰さんは私の口になにかを押し込んだ。

「んんっ？　……ぁ、甘い！　おいしい～‼」

「疲れてるだろうから、チョコでもどうかなと思ったんだ。予想通り幸せそうな顔をするね、陽芽は」

宰さんに笑われるけれど、緩む表情は止められない。小さなサイズだけれどその濃厚さはしっかり伝わって、形が消えても残り香が口の中で広がっていた。

「これってもしかして、今回のアンケートで試食した新しいチョコですか？」

「うん、サンプルのミルク味だよ」

この前感動したあの味を、また口にすることができるなんて。こんなことなら、もっとしっかり味わえばよかったと後悔する。

「まだあるけど、残りいる？」

　そう言って宰さんは小さな箱を取り出す。私の瞳はキラキラと輝き、それに釘づけになった。

「いいんですか？　ほしいです！」

「じゃ、ちゃんとおねだりできたらね」

「え、おねだりですか……？　えーっと……、チョコレートをいただいてもいいですか、富士崎部長」

　私のおねだりに宰さんは不満らしく、苦笑しつつ首を横に振る。

「だから堅いって。ほら、『部長』じゃないだろう？」

　最後のひと言で宰さんの意図を理解し、私は息を呑んで頬を染めた。無謀な注文に頭を悩ませてしまう。心の中でずっと呼んでいたその名前を口にするのは、すごく久しぶりのことだ。

「チョコレート、ください。……宰さん」

私が恥ずかしさをこらえその名前を紡ぐと、彼は満足そうな笑顔で「よくできました」とつぶやき、チョコレートの箱を手渡した。

そのまま宰さんの手は、私の後頭部に置かれる。そして宰さんはなにかを探るように、じっと私の表情を見つめていた。

どうしたんだろう？　なんだかいつもと雰囲気が違うような……。

不安になり顔が強張ると、急に宰さんは笑顔を浮かべ頭をくしゃくしゃとなでていった。

「……お疲れ様、無茶な仕事頼んじゃって悪かったね」

急に纏《まと》う空気を変えた宰さんに違和感を覚えつつ、いつもの彼に戻ったことにホッとしていた。

私は何事もなかったかのように、笑って宰さんの言葉に返答する。

「いえ、そんな……。楽しかったですし、すごく勉強になりました。宣伝の奥深さを感じたというか……」

今まではちゃんと理解できていなかった宣伝の難しさや、楽しさ。その本質を今日、実感できた気がする。

「全部、宰さんのおかげです。改めて、宰さんのもとで働けてよかったって思いました」

私はホッと表情を緩め、笑顔を彼に向けた。仕事で疲れているはずなのに、私の心は爽やかに晴れていた。

『好きな奴の隣にいれば、それだけで癒されるけどな！』そう言っていた田嶋くんの気持ちが、今すごくわかる。彼のそばにいるだけで、私の心はほぐれていくんだ。

心を占める温かさに浸っていると、なぜか宰さんは急に真顔になった。彼は一度目をつむり、深い深いため息をつく。

「あーあ、もう。せっかく我慢できると思えたのに……」

突然の変化に戸惑い、私はうろたえた。

我慢って、いったいなんのことだろう？

彼の様子をうかがうように私は体をほんの少しかがめ、顔を覗き込んだ。すると、宰さんは右手をすっと私の方へと伸ばす。

『あ』と思っている間に、私の体は宰さんの方向へと引き寄せられた。

目の前に感じるのは、宰さんの上質なスーツの生地。頭のうしろには、彼の優しい手のひらがある。

「宰さん……？」

え？　これって、抱き寄せられてる？

自分の状況がわからず、目をただ瞬きさせていると、後頭部にあてられてる手のひらが優しく私の頭をなで始めた。それはさっきよりもゆっくりと後頭部をすべり、優しく髪を梳いていく。

……あぁ、気持ちがいい。疲れた体に、優しい温もりが沁みていく。このまま、この心地よさに浸っていたいと願ってしまう。

今の私を、好きになってもらえるはずがない。そうわかってるのに、離したくない。この温もりをずっと味わっていたかった。

手のひらが離れたことに気がつき、私は一歩下がって向かいの宰さんを見上げる。するとと、彼は眉尻を下げ困り顔で笑い始めた。

「だから、男の前でそういう顔を見せるんじゃないって」

そういう顔って、どういう顔？

言っていることの意味がわからず、私は両方の手のひらで顔をペタペタと触りまくる。自分の顔がどんなものかはまったくわからないけれど、……体温がとてつもなく高いことはわかった。

「慣れない仕事させて、ごめんね。今日はゆっくり休んで」

そう言われたら帰るしかなく、荷物をまとめてそそくさとオフィスを立ち去った。

宰さん。どうして私を抱き寄せたんですか?

頭に浮かんだその問いかけを口から出すことなどできず……。私はそれを心の奥底へと隠すしかなかった。

君への想いがメタボリック

　パターン４：男は結局、母性に弱い
「こんばんは……」

　扉を引き、のれんをくぐって中を覗き込む。カウンターの中にいる見知った姿に、私の表情は明るくなる。

「女将さん！　お久しぶりです！」

「あ……、陽芽ちゃん⁉」

　女将さんは予想通り、私の姿に気がついてくれた。笑顔でカウンターへ駆け寄っていく。

「やっぱりあの日の女の子、陽芽ちゃんだったんだ」

「はい……、あのときはちゃんと挨拶できず、すみませんでした」

　宰さんと食事に来たとき、隠れるように逃げてしまったことをずっと後悔していた。

「なにか訳アリなんでしょ？　陽芽ちゃんのこと何年も見てたんだから、悪気ないことくらいわかるわよ」

「……ありがとうございます」

「ところで、陽芽ちゃんの劇的な変化と、この前一緒に来た男の人とはなにか関係があるの？」

女将さんは目をキラキラさせて、前のめりで私に詰め寄る。その圧に私は、「いや、あの……」とたじろいでしまう。

女将さんに知られたら、絶対おもしろがられる！

私は、なんとか誤魔化せないかと頭をフル回転させた。そこへ救いのように、「あ、陽芽、先に来てたんだ」という加奈子の声が響く。

「あ！　いいところに」

「あら、加奈子ちゃんも来てくれたの？」

すると女将さんは、私ではなく加奈子に照準を合わせた。

「加奈子ちゃん！　陽芽ちゃんになにがあったのか、根掘り葉掘り聞かせてちょうだい！」

「いいですよー。包み隠さずお伝えします」

「ちょっ……、加奈子ー！」

しまった。このふたり、同じタイプだったー！

結局加奈子は、説明会のことから、ダイエット、宰さんとの再会、今しているアプローチに至るまで、洗いざらい女将さんにぶちまけたのだった。

「……ということで、陽芽は今、富士崎部長にアタック中なんです」

「なーるほどねぇ。それで？　成果はあるの？　陽芽ちゃん」

「うーん……、私自身はよくわからないんですけど」

「なに言ってるんだか。向こうから抱きしめられておいて」

加奈子の言葉に、含んでいたお酒を吹き出しかけた。宰さんとのことをひとりで抱え込めなかった私は、その件について加奈子には相談していたのだ。でも私は、『抱きしめられた』なんてひと言も言ってない。

「あらー、すごいじゃない！」

「ちが……、引き寄せられて、頭なでられただけです。抱きしめられてはいません！」

「なに言ってるの、同じようなものじゃん」

ふたりからのニヒルな笑みに、私は身を震わせた。

「でも、陽芽なかなかがんばってるじゃん。感動した」

「なに他人事みたいに言って……。これを勧めたのは加奈子でしょ？」

「勧めたは勧めたけど、まさか本当にがんばるとは思わなかったから。いやー、尊敬する。それだけのことをやってるなんて」

加奈子はわざとらしく、拍手をしてみせる。

悔しい。遊ばれてただけってことなのかな？

私はじとっと睨むような視線を送った。けれど加奈子はそんなことまったく気にも留めず、お気に入りの肉じゃがを頬張っている。

「でもその部長さんの反応を聞くと、陽芽ちゃんがしてるアプローチは悪くないような気がするわね」

「女将さん、『悪くない』というのは……」

「彼との距離は確実に縮まってるわ。もしかしたら、加奈子ちゃんのアイディアは案外間違ってないのかも」

そうなのかな。私、宰さんに近づけてるのかな。

女将さんの言葉で徐々に自信がわいてくる。

「ちなみに、次の作戦はなに？　加奈子ちゃん」

「〝男は結局、母性に弱い〟。男心の本能に訴えるというやつです」

「あら、いいわ！　こういう仕事してるとわかるけど……、男の人って結局、いつまでたってもお子様なのよね」

女将さんの微笑みに、どことなく恐ろしさを覚えてしまうのは何故。

「陽芽、母性を思う存分アピールして、富士崎部長を虜にしちゃいな！」

「いい結果が聞けるのを楽しみにしてるわ」

強烈なふたりからのプレッシャーの中、私は「は、はい……」とうなずくよりほかなかった。

＊　＊　＊

「佐伯さん」と明るい声で話しかけられた私は、コピー機から取り出したプリントを抱えたまま、まるでロボットのように体を固まらせた。

「ナ、ナ、ナンデスカ、フジサキブチョウ……」

「なんでカタコト？　この前の資料、すごく助かったよ。ありがとね」

この前、宰さんの指導のもと作った資料のことだろう。彼はその資料を抱え、満面の笑みを浮かべる。

真正面から極上スマイル攻撃を受けた私は、心の中で撃たれ死んだ。

ヤバい、今のはヤバい。心臓止まったかと思ったよ‼

「い、いえ、そんな。私なんてたいしたことは……」

胸がバクバク鼓動してるのに、まともに頭が働かない。

もっとちゃんと、頭に血液送ってよ！

焦る思考の中、なんとかこの場を切りぬける方法を考える。

「で、では、私はまだ仕事があるのでお先に失礼します！」

私は慌しく会釈し、彼の前から走り去った。

あぁ、なんて失礼なことをしてるの！　でも、あのままいたら本当に脈拍が暴れ過ぎて、ショックを起こしてしまいそうだったんだ。

顔を見ただけで、あのときの熱や感触、安らぎを思い出してしまう。母性なんて、示せるわけがない。

だいたい母性ってどうしたら伝わるのよ！　癒し系と同じく料理ですか？　それとも裁縫《さいほう》ですか？　いつも、そういう抽象的なやつばっかりだから、私、毎回頭を悩ませてる気がするんだけどー！

思考がめちゃくちゃで、あらぬところにまで攻撃が飛び火してしまう。

とにかく気を落ち着かせないと、と思い、プリントを置いて自動販売機へ向かうことにした。

ちょっと甘めのドリンクを買って、少しだけ休憩室で頭を冷やそう。

自動販売機コーナーは、フロアの奥にある。私は財布を取り出し、席を立った。

大丈夫、今までと同じ。いつも通りに接すればいいんだから。

向かうまでの間、そう何度も唱え、必死で頭に叩き込もうと試みる。

ぶつぶつつぶやきつつ自動販売機コーナーへ入ろうとしたとき、中から聞こえる言葉に私は反射的に足を止めた。

「富士崎が部長になったのなんて、結局は親の力だからな。あいつ自身に、才能なんてあるはずないよ」

蔑《さげす》むような物言い。棘のある話し方。周りの人たちも、否定するどころか「そうだよな」「決まってるだろ、そんなこと」と煽っている。

宰さんへの悪口？　やだ、聞きたくない。そう思うのに、足が動いてくれない。戻ることも進むこともできない私を置き去りに、話はさらに悪意を増す。

「だいたい、あいつが仕事でうまくいくのも、周りからやりやすい案件もらうからだろ？　多少難しくても、周りがサポートしてくれるんだし、能力は必要ないんだ」

「あーあ、いいよなぁ。俺も社長の息子になりたかった」

「座ってるだけで出世できるなんて、楽な仕事だよな」

自分勝手な言い分をまったく悪びれず言い放つその様《さま》に、愕然とした。

なんてことを……。宰さんはそんな人じゃないのに。

悔しくて、グッと握る手に力がこもる。

すると、その手のひらを誰かの手で優しく包み込まれた。

「ひゃうっ⁉」

「あ、驚かせちゃった？　ごめんね」

突然の衝撃に、うっかり声をあげてしまった。

勢いよくそちらへ目をやると、その手の主は宰さんだった。

なんでココに？　今の聞いてた……⁉

ドクドクと心臓が拍動する中、自動販売機コーナーから慌しく社員たちが出ていく音が聞こえる。

「あれ、なんか焦らせちゃったか？　悪かったな」

笑いながら、自動販売機コーナーへと入っていくそのうしろ姿で察した。

たぶん、この人は気づいてるんだ。全部。

私が呆然と眺めていることに気づくと、宰さんは困ったように眉尻を下げた。

「驚いたよね、あんな話聞いちゃったら。……俺は大丈夫だよ、これくらいのことは慣れてるから」

「慣れてるって……」

「誰だって、嫌だろうよ。社長の息子がいれば、そいつの目を気にせざるを得ないし。しかも、特別待遇受けてる気がすれば、尚更おもしろくない。だから、俺がこういうふうに噂されるのは当然のことなんだ」

宰さんは、たいしたことではないと言わんばかりに平然と言い放つ。

でも私は、宰さんの意見に同意できなかった。

私自身、太っていたとき、悪口や噂されることに慣れていた。『噂されても仕方がない』って割り切っていた。だって私の体型は、自己責任だ。笑われても、甘んじて受けるしかない。

でも、宰さんの場合は違う。宰さんは、生まれたときからその立場で、自分で選べたわけでもない。そんなこと、妬んだって無駄なのに。

「私、悔しいです。宰さんは本当に素敵で、才能もあって、ただの七光りなんかじゃないのに。こんなに尊敬できる人なのに……」

目もとに涙がじわりと浮かび、私はそれを慌てて拭った。

私が泣くのは、お門《かど》違いだ。『かわいそう』と言うことも、怒ることも、私の役割じゃない。

私ができることと言ったら、自分の気持ちをさらけ出すことだけ。

顔をしっかりと上げ、まだ少し濡れた瞳で彼をじっと見つめた。

「私は、そのままの宰さんが素敵だと思います」

彼に届くようにはっきり伝える。宰さんは目を軽く開き、息を呑んだ。

「だから、私の前では強がらないでください。そのままでいてくれれば、私はそれでいいんです」

社長の息子だとか、仕事のできる人だとか、部長だとか。そんなことを知る前から、私はこの人に恋をしていた。私はただ、宰さん自身が好きでたまらないんだ。

宰さんはしばらく惚けていたけれど、突如、苦々しく表情をゆがめ始めた。

「……あのさぁ、君ってどういうつもりなの」

「あ、……ご、ごめんなさい。私、偉そうなこと言って……！」

「いや、怒ってるわけじゃないいんだけどさ。……あぁ、もう」

宰さんは唸ったかと思うと、頭をくしゃくしゃと乱し始める。

突飛な行動に私は唖然とし、ただ彼の悩む姿を眺めていた。

「宰さん？　いったいなにが……」

「陽芽。言っておくけど、俺も男なんだよ」

「え……？　あの、わかってますよ？　さすがに部長は、女性には見えません」

それか宰さん、『自分がオネエだと思われてる』って勘違いしてるとか……。なんて、そんな訳ないか。

私の必死の返しにも、宰さんは満足していない。相変わらず眉根を寄せたまま、深く深く嘆息した。

「……ダメだ、まったくわかってない」

今度は私が困り果て、いじけて唇を突き出した。

それを見て宰さんはひとつ深く息を吐き、笑いだす。

「もしかして、計算なの？　俺、結構、わかりやすくしてると思うんだけど」

計算ってなに？　なにをわかりやすくしているの？　宰さんの言葉の意図は私には理解できない。

私は顔を傾け、宰さんの顔を下から覗く。すると、彼も同じように顔を傾け、体をかがめてきた。

私と宰さんの目線がいつもより近い位置にあって、真正面から覗かれるその瞳に、どんどん鼓動が速足になる。

「ドキドキさせられたり、安心させられたり……、陽芽といると全然飽きないな」

「そんな……。私の方が、宰さんといるとそんな感じですけど」

「そうなんだ？　だったら俺たち、すごく相性がいいってことだね」

視界の端で、彼の手が動いたことに気がつく。そのまま宰さんは、私を強く抱きしめてきた。

宰さんの腕が私の背中に回り、顔が彼の胸に埋まる。頭の先には、彼の唇が触れた感触を覚えた。

私がその状況を理解できたかどうかくらいのタイミングで、宰さんは私の肩を掴み離れてしまった。

私は目を瞬きさせ、ぐちゃぐちゃな思考の中、必死にこの謎を解こうとした。

え？　今のはどういうこと？　今、抱きしめられた？

この前とは違う、強い圧力を体が思い出し、熱を呼び起こす。

「あの、今のは、いったい……」

「今はこれで我慢しておくよ」

当惑の眼差しを向ける私を見て、彼の唇は不敵な笑みを浮かべ、そうつぶやいた。

宰さんはそのまま、何事もなかったかのように颯爽と去っていく。

私は彼のいなくなった入口を眺めたまま、力が抜けたようにベンチに腰掛けた。

「……意味わかんない」

思わずそうこぼしてしまった。

『わかりやすい』って、宰さん本気で思ってるのかな。私には、まったく理解不能だ。

私は膝に体重をのせ、深い深いため息をつく。

今回は触らなくてもわかった。私の顔は、完全に真っ赤に染まっている。

私は結局その熱が冷めるまで、その後数十分間、自動販売機コーナーに居座る羽目になったのだった。

＊＊＊

パターン5：やわらかさは女の象徴
『ぽちゃっとしてるのは、つまり脂肪でしょ。脂肪の唯一の魅力はやわらかさ！　それのみ！』
脂肪って。魅力はやわらかさのみって。あまりにもひどすぎじゃない？　加奈子。
彼女の辛辣な言葉を思い返し、少しやさぐれた気分になる。私はその気持ちをぶつけるかのように、ハンマーを振った。

今、私の部屋にはまるで工事現場のような音が響いている。とはいっても、これは工事ではなくＤＩＹ《ディーアイワイ》でもなく、手芸のひとつだ。

母性というものがよくわからないから、私はとりあえず、宰さんに手作りのプレゼントを贈ることにしてみた。

いつもお世話になってるし、なにかお礼がしたい。私が考え抜いて思いついたものは、革製の手帳型スマホケースだ。

その昔、革製品を手作りしたい！と思い揃えたキット。忙しくて最近はできていなかったけれど、作り方を見れば今でもなんとか作れそうだった。

宰さんの機種は私と同じだったから、前に作ったときの型をそのまま使える。『善は急げ』と材料を揃え、この間から作成を始めたのだ。

クラフトに集中していると、ほかのことを考えなくて済むから助かる。だって今何か考え事をするとしたら、行き着くところは自動販売機コーナーでの出来事しかない。

少し思考を巡らせただけで、私の体は、ポポポッと熱くなっていく。

「本当に、どういうことだったんだろう……」

あーもー、男の人ってなに考えてるかわからない！

男の本能に訴える母性、なんて加奈子は言っていたけれど、私なんかが男性心理を理解すること自体が無理な話だったのだ。

……ということで、母性はスマホケース作りにいったん切り替えることにして、とりあえず私は次の作戦に移ることにしたのだ。

けれど、次なる加奈子のアイディアは、さらにハードルの高いものだった。

彼女は、『女らしいやわらかさ（＝脂肪）を見せつけろ』と言ったのだ。

つまり、私の残るぜい肉すべてをさらけ出せっていうこと？　そんなの無理無理無理！

絶対、宰さんには見せられないよ‼

「まずはとにかくにも、ケース作り！　母性とか、脂肪とか忘れて、とりあえずお礼の気持ちを伝えるのよ！」

私はもう一度やる気を奮い立たせ起き上がり、ハンマーと目打ちを手に取った。

＊　＊　＊

昨日はついうっかり熱中しすぎてしまい、睡眠時間を削って没頭してしまった。

パソコンの画面を見ながら、「ふわあぁ……」とあくびを漏らす。

「大きいあくびだな。佐伯」

「はっ！　……た、田嶋くん！　いやだ、見られちゃった、へへへ……」

笑って誤魔化す私を、田嶋くん心配そうな表情で見つめていた。

「疲れてるんだったら、遠慮せず言えよ。できる範囲で手伝うんだからさ」

「そ、そう……？　ありがとう」

思わぬ優しい言葉に、私はお礼を言ったきり、黙ってしまった。

最近の田嶋くんの成長は、私が言うのもなんだけど、目を見張るものがある。それは仕事の面もそうだし、今みたいな同期への接し方もそうだ。

同期の子たちも、最近田嶋くんが少し優しくなったって噂していた。もともと顔はかっこいいから、以前とのギャップも相まって徐々に人気が出てきているみたい。

彼は片手に鞄を持っていて、今から外出するようだ。

「田嶋くん、これから代理店の人と打ち合わせだっけ？」

「あぁ。見てろよ、契約取ってくるから」

「うん、がんばってきて」

ファイティングポーズをとる田嶋くんに、私はひらひらと手を振る。

すると、田嶋くんは急に真剣な表情になり、「あのさ……」と切り出した。

「この仕事がうまくいったら、俺と食事に行かないか？」

「え？　食事？　わかった、みんなにも声かけとくね。いつがいい？」

「いや……、俺と佐伯、ふたりでだよ」

田嶋くんの熱のこもった視線に、心臓の動きが速くなる。

私はとりあえず、「……わかった、考えておくね」とだけ返しておいた。

「おう。じゃ、行ってくるな」

「うん、いってらっしゃい」

田嶋くん、まさか……？　いや、そんなことありえないよ。私なんかに好意を持つなんて、そんなことないない。

私は姿勢を正し、パソコンに向き直った。

今日は、代理店からきた広告案のチェックから。最終決定した商品の写真に、簡単な加工を施してもらっている。

うん、おいしそうに撮れてる。書体も商品のイメージに合ってるけど、……色をもう少し明るくしないと、背景と混ざっちゃいそうだなぁ。変更してもらうなら、先輩たちと相談して、もう一度代理店に連絡しなきゃ。

私は付箋を貼り、そのことを書き留めておいた。

「佐伯さん、ちょっといい？」

突如そう呼びかけられ、私は肩を跳ねさせた。というのも、その声の主が宰さんだったからだ。

「はい、大丈夫ですが……」

「じゃあ、こっちに来てもらってもいいかな。少し相談があるんだ」

そう言って宰さんが連れていったのは、この前私が資料を作ったところでもあるパーテーションの向こうだ。

みんなから少し離れたところにあるこの区画は、小さめの声で話せば多少の秘密が保たれる。

まさか、なにか私、ヤバいことしちゃった？

「佐伯さん、実はこの前作った資料なんだけど……」

やっぱりー！　私はそのまま頭を九十度下げた。

「すみませんっ、やはりなにか不備が……」

「え？　不備なんかじゃないよ。むしろその逆。皆さん、すごくわかりやすいって言っていたよ」

顔を上げると、穏やかな宰さんの瞳とかち合う。

よかった、迷惑かけた訳ではないんだ。ホッと胸をなで下ろした。

「それで、佐伯さんはこの商品のよさをよくわかってると言って、新しいプロジェクトに推薦したら見事通ったんだ」

「は……、え⁉」

「つまり、佐伯さんは新プロジェクトのメンバーってわけ。ちなみに、俺がリーダー」

宰さんの言うことに、いちいち目を見開いてしまう。

え？　なに？　何事？　今日はエイプリルフール……ではないよね。

なんで私が選ばれたんだろう？　まだ二年目で、たいした能力も持ってないのに。

「あ、あの、本当ですか？　ドッキリとかじゃなく？」

「そんなこと、わざわざしないよ。プロジェクトの始動は来月頭からね。課長に許可は取ってあるから」

呆然とする私に、宰さんは満面の笑みを浮かべる。

「これからよろしくね、佐伯さん」

その笑顔は私の心に真正面からクリーンヒットし、射抜かれた私は素直にうなずかざるを得なかった。

＊＊＊

「今日は忙しい中、集まってくれてありがとう。このプロジェクトのリーダーを務める、富士崎宰です。どうぞよろしく」

宰さんの挨拶に、その場にいる人たちみんな歓迎の拍手を送る。

今日はプロジェクトメンバーの顔合わせ。もちろんここにいるからには、私もその一員なんだけど、周りは私よりはるかに経験ある人たちばかり。

完全に場違いだよ……。私は端の方の椅子で、体を縮こまらせていた。

「では、ひとりひとり挨拶してもらおう。時計回りで、ここから始めようか」

宰さんの隣の人が立ち上がり、名前と部署名を伝える。

メンバーは、しめて六人。私の番はすぐにきてしまい、慌てて立ち上がった。

「こ、広報部に所属しています、佐伯陽芽といいます。どうぞよろしくお願いします！」

深く頭を下げ、すぐにサッと座った。あたたかい拍手が返ってきて、ホッと緊張の糸が緩んだ。

今日は顔合わせだけだから、会議はすぐに終わった。私が椅子を片づけ始めると、なぜか宰さんまで一緒になってそれをやろうとする。

「富士崎部長、ここは私がやっていきますから、お仕事に戻ってください」

「そんな、すぐに仕事に戻らせようとしないでよ。つれないな」

宰さんは私をからかうように、笑いながらそんなことを口にする。

気を使って言ったのに、なんて言い草だ。まぁ、たしかに気まずかったのもあるけれど……。

だって、あの抱きしめられたとき以来、ふたりきりになるのは初めてのことなのだ。

そのせいか、いつも通りの仕事をしているはずでも、普段のようにいかない。片づけをしているだけなのに、緊張して手に汗をかいてしまう。そんなに激しく動いていないはずなのに、耳に響くくらい大きな音で、心臓が動いている。

早く片づけようと、慌しく椅子を重ね、持ち上げようとした。

「ダメダメ、そういうのは男に任せな」

宰さんはそう言って、私の手に自分の手を重ねてくる。

「ほら、手を離して」

私はロボットのようにぎこちない動きで、ゆっくりと椅子から手を離す。

すると彼はサッと椅子の塊を持ち上げ、あっという間に運んでいってしまった。

「ありがとうございます」

「いや、これくらい当然。それよりさ……」

宰さんは私の前まで戻ってくると、さらりと私の右手をとり、そのまま強く握りしめる。

「ひゃっ……⁉」

「やっぱり。陽芽ってさ、手、やわらかいよね。たぶん頬とかも……」

手を握られた衝撃に慌てふためいている間に、いつの間にか呼び方が変わっている。今までの何度かの経験から、私は彼の纏う空気が変化したことを理解した。

私を射抜く視線にドキリと心臓が強く鼓動する。宰さんは左手を伸ばし、私の頬を包み込んだ。

「え？　な……っ⁉」

「うん、思った通り。陽芽の肌は手に吸い付くというか、離れがたいというか……。もっと触れたいって思うね」

「それは……、こ、光栄です」

頬から手を離すのと同時に、宰さんは握りしめる手の力を緩めた。手も離されるのかな、と寂しく思ったけれど、逆に彼は器用に私の手を転がし、指を絡めてきた。そのまま指に緩急をつけ、握ったり離したりを繰り返す。

「ふわふわしてて、気持ちがいい」

そう言って彼は、何度も何度も私の手をいじってくる。

私自身は手を動かしていないけれど、握りしめられることで、彼の手のゴツゴツした男らしさを嫌でも感じてしまう。

このままじゃいけないと、私は意を決して声をかけた。

「部長……、あの実は私……」

「名前で呼んで」

「え……。あの……、お、宰さん？」

この恥ずかしさをなんとか誤魔化したくて、私はさっき言いかけた自分の用事をもう一度口にした。

「……あの、実は私、渡したいものがあるんです」

「渡したいもの？」

「は、はい……、たいしたものではないんですけれど……」

私は手をチラチラと見ながら「だから、あの……」と促す。すると彼は察してくれたのか、パッと手を離し、私の手を解放した。

「ありがとうございます。……これなんです」

会議の後に渡そうと、資料ケースの中に潜ませていた包みを取り出す。数日かけて作ったプレゼント。絶対になくしちゃいけないと、肌身離さず今日は持ち歩いていた。

「よかったら使ってください」

両手で差し出すと、彼はうれしそうに笑顔で受け取ってくれる。

「開けていい？」と確認され、私は無言で何度もうなずいた。

「へぇ……、革のスマホケース？」

彼は目を丸くさせ、私の作ったケースをまじまじと眺めていた。できるだけ丁寧にやったけれど、多少の不格好さはあるから、じっくり見られると困ってしまう。

「手作りなので、ちょこちょこアラがあるのは許してください。いいものを持っている宰さんには、似合わないかもしれませんけど……」

「そんなことないよ。陽芽が時間かけて作ってくれたものなら、余計にうれしい。大事に使わせてもらう。ありがとう」

よかった、気に入ってもらえたみたい。がんばった甲斐があったな。

「すごいな。革製品を作るのって、大変なんじゃないの？　よくできてるね」

宰さんはじっくりケースを眺めながら、感慨深げに言葉を漏らした。

「いえ、結構単純作業なところも多いんですよ。工作っぽくて楽しいんです」

「そっか、さすがだな。もしかして、革のスマホケースを手作りするのって流行ってるの？　たしかこれと同じケース、前にも見た気がするな」

「え？　同じ？」

「そう。例の説明会で会った子だよ」

〝説明会で会った子〟

その言葉を聞いた瞬間、身体中の血の気がサアッと引いていった。

「イヤホンジャックを見せてくれたときにちらっと携帯電話も見たんだけど、こんな感じのレザーのケースだったんだよ。うん、この位置に同じモチーフが入ってて、ステッチとかベルトも、ナチュラルな色味で素敵だなと思ったんだ」

宰さんは今言ったのとまったく同じデザインのスマホケースを手でいじりながら、私ににこやかな微笑みを向ける。

「そ、そうですか……。同じ型紙を使ったのかもなぁ……」

「へぇ、型紙があるんだ。どこに売ってるの？」

「ど、どこだったかな。忘れちゃいました、はは……」

すみません、型紙は私が手作りしたものです。作りはまったく同じで、型押しで入れるマークの位置も種類も揃えてしまいました。

私は今更ながらに、同じ型紙で作ってしまったことをひどく後悔した。

「……で、では片づけも終わりましたし、私はこれで失礼しますっ！」

私は資料ケースを持って、慌しく会議室を立ち去った。

ヤバい、マズい。バレた……かな？　まさか、宰さんが私のスマホケースまで覚えているなんて思わなかった。

頭の中を駆け回るのは、悪い考えばかり。微かに『もうそろそろ限界でしょ』という声が聞こえた気がする。

私はその言葉を無視して、懸命に廊下を駆け抜けた。

＊　＊　＊

パターン6：温かさがほしい

『あと、太めの子ってなんかあったかいよね。暖をとるのにちょうどいいというか……』

　体は温かくても、心は荒《すさ》んで冷え切ってることだってある。私は自分の今の心境と加奈子の言葉を比べ、「はは……」と苦笑いを漏らした。

　通勤中の電車の窓から見える空も、私の心と似てどんよりと濁っている。

　昨日、家に帰って探したら、すぐに自分用に作ったレザーのスマホケースが見つかった。そのデザインは、この前宰さんに贈ったものとまったく同じだ。

　あぁ、どうして私、説明会で付けてたスマホケースが同じものだって忘れてたのかな？　スマホケース以外のものにすれば、何事もなくスルーしてもらえたかもしれないのに。

　私は自分の考えなしの行動に、落胆した。

　……でも、いつかは言わなきゃいけないんだもんね。今でこそ、ぽちゃ子の魅力でアピールする作戦を実行しているけれど、初めはちゃんと、事実を打ち明けるつもりだったのだ。

　でも、ここまできて、今更『実は自分が、探していた女の子です』なんて告白したら、どう思われるか……。

『嫌われるのでは』と思ったら、恐怖でそんなことできなくなってしまう。

私はなにかにすがりたくて、つり革を掴む右手に力を込めた。

前に進むことも、逃げることもできない。これからは、プロジェクトメンバーとして宰さんのもとで本格的に働くことになるし。

……覚悟を決めなきゃ。すべてを暴かれ、拒絶される覚悟を。

気持ちを奮い立たせ、彼のいる会社から逃げたい衝動を必死で押さえ込んだ。

オフィスに入ってすぐ辺りを見渡し、宰さんの姿を探す。けれど、いつものデスクに彼はいなかった。

どこかに出てるのかな？　ホッとした瞬間、背後から「佐伯さん、おはよう」と声をかけられた。あからさまに体を強張らせ、ゆっくり振り返る。

「お、おはようございます、富士崎部長……」

「……今日から例のプロジェクトが本格的に始動するから、よろしく。九時から、この前の部屋で会議するから、集まってね」

それだけ伝えると、宰さんはにこやかに立ち去っていった。

あれ？　いつもと同じ？　もちろん、もし気づいたとしても会社でそんな素振りは見せないだろうけど、今の雰囲気はまったく気にしていない感じだった。

拍子抜けしたけれど、ホッとしたのも事実。よかった、これでプロジェクトに集中できそう。

私にとっては経験したことのない規模のプロジェクトだ。気を引き締めて、まずは仕事に集中しよう。

清水先輩にも相談して、流れや自分の役回りを確認した。

＊＊＊

うちの会社の中で今冬から発売を開始する新シリーズのチョコレート。商品自体はほぼ完成しているけれど、最終的な味の種類や、パッケージ、宣伝方法などを決定していくことになっている。私の仕事はその中でも、製品の広告宣伝の立案だ。

指定時間が近づき、資料を持って会議室へと向かった。この前の顔合わせと同じように、テーブルを囲んで席に着く。

顔合わせとは違い、今日は本当の会議。それだけで、心なしか緊張してしまう。

「まず今日は、種類を絞っていこうかと思う。はじめの販売は、この中から多くても三種類になるが、みんなはなにがいい？」

宰さんの問いかけに、みんなが意見を出し合う。少数だから、堅い会議というよりは話し合いに近いような感じだ。

サンプルのチョコレートを試食しながら、話し合いは盛り上がりをみせる。

「ミルクは欠かせないよね」

「抹茶は？　定番だと思うよ。上の層の購買も狙えるし」

「変わり種のヘーゼルナッツ。ウケると思うけどな」

「それより、柑橘《かんきつ》系のオランジュとかは？」

私は今後の参考のためにと、皆さんの意見をノートへ書き留めた。

うーん、どれもおいしいよね。私のお気に入りは、ミルクチョコにストロベリーチップが入ってるイチゴ味なんだけど、まず始めに売り出すとしたらやっぱりミルクとビターかな。このふたつは、他とは違う格別なおいしさと上品さがあるもんね。

試食のチョコレートを味わい、感動に浸っていたとき。

「佐伯さんは？」

宰さんの声で、一気に私に視線が集まった。

一瞬事態を理解できなかった私はひとつ瞬きしてから、ひどく当惑した。

ど、どうしよう。自分の意見を求められるだなんて……！

まだ下っ端だからと、聞くに徹していたから突然には言葉が出てこない。

「なんでもいいよ、思ったことそのまま言ってみて」

思ったことをそのまま……。宰さんに促された私はひとつ息を吸い、言葉を紡ぎ始めた。

「私は……、ミルクとビターの二種類がいいと思います」

「一回目は三種類までバリエーションが作れるけど、二種類？　それはどうして？」

「は、はい……。えっと……」

宰さんの追求に、体を縮めてしまう。みんなの視線が苦しい。でも、ちゃんと言わなきゃ。

「今回のコンセプトは、『帰宅後のひと口』ですよね。それに合わせて、チョコレートも小さいサイズで、噛まなくても口に入りきります。だからこそ、初めて食べる皆さんには、チョコレートの味そのままを味わってほしいんです」

私は試食したとき、ミルクチョコレートから食べた。そのとろけるおいしさに、心底感動したのだ。そして、その直後のビター。ミルクとは違う味わい深さが広がって、一気に特別感が増していった。

あのときの感動から、ミルクと甘さ控えめのビターの二種類を推したかったんだ。

「あと、今回のアンケート結果にあったんですけど、チョコレートで何味が一番好きかという質問に半数以上の人が『ミルク』と答えていたんです。でも、男性からは『ミルクはときに甘すぎるから、ビターの方が好み』という意見もありました。ですから、カカオの風味を存分に主張しつつ、ミルク好きにもビター好きにも受け入れてもらえる、この二種類がいいのでは、と思うん、です、けど……」

言っているうちに不安になってきて、どんどん声が小さくなってしまう。

余計なこと言っちゃったかな?と後悔し始めたとき、営業部の男性社員から「それ、いいんじゃない?」という声が響く。

「営業してても、とりあえずは間違いのないノーマルタイプで、って言われることが多いよ。最近、チョコレートの味のバリエーションも増えてきてるから、ここら辺で原点回帰もいいんじゃないかな?」

その意見に続いてほかの人たちも、「たしかに、ミルクが一番おいしかったしねぇ」と加えていく。

その後も様々な意見が出たけれど、『試食でどの味が一番好みか?』というアンケートで、一位がミルク、二位がビターだったこともあり、結局最後はミルクとビターのみという意見で全員一致になった。

「ナイスコメント。よかったよ。この前作ってくれたアンケートの資料も、最後決め手になったしね」

会議終了後、宰さんにそう声をかけられた。私は資料を腕に抱えたまま、深く頭を下げる。

「部長が言ってくれたおかげです。ありがとうございました」

「やっぱり俺の目に狂いはなかったな。きっと佐伯さんなら今回のプロジェクトでいい働きをしてくれると思ってたから」

宰さんの優しい言葉に、胸いっぱいに温かな感情が満ちていく。かっこいい姿を見たときのドキドキとは違う、心地よい鼓動を感じた。

「ところで今週末なんだけど、俺と一緒に打ち合わせに同行してもらえるかな？」

「え？　打ち合わせですか？」

「うん。広告の撮影をするカメラマンとね」

私はまだ経験が少ないから、宣伝関連の業務は私と宰さんのふたりでこなしていくことになっていた。

ふたりきりでの仕事だと、浮かれた気分ではいられない。初めて任せてもらったこの大きな仕事を、最後までやり遂げなきゃ。

「はい、よろしくお願いします」

「うん、頼んだよ。……あと、それと」

急に宰さんは私の頬に手をやり唇の下あたりを強く拭う。突然の行動に体を固まらせると、宰さんは「ついてたよ」と言って、うれしそうに指についたチョコレートを舐めとった。まるで私に見せつけるみたいな仕草に、どうしようもない恥ずかしさに襲われる。

「そんな油断した姿、ほかの男には見せないこと。いいね」

「え？　あ、……はい、気をつけます」

「じゃ、俺はまた会議だから。この後もがんばろうね」

「はい、お疲れ様でした」

私は赤くなった頬を押さえながら彼に背を向け、オフィスへと戻る。

やっぱり宰さんは、私よりずっと余裕があって、スマートでかっこいい。そんな彼にもっと認めてもらえるように、がんばらなくちゃ。

私はそう決意し、やる気いっぱいで次の仕事に取りかかった。

＊　＊　＊

私と宰さんは、待ち合わせ場所である駅近くのカフェに座っていた。お昼ご飯を兼ねた顔合わせをすることになっていて、あと十分ほどで先方が来る予定になっている。

その相手は、若手で今人気上昇中のカメラマンらしい。

「調べてみましたけど、今回撮影してくださる長谷直樹《はせなおき》さんって、普段は景色とか日常風景の写真を撮られるカメラマンなんですね。よくお菓子の広告写真を撮ってくれることになりましたよね」

「あぁ、それ俺のツテなんだ」

感嘆する私に、横から宰さんがそう告げる。そんなことは初耳の私は、目を丸くして彼を見上げた。

「実は、高校の同級生なんだ。コイツ」

「ええー、本当ですか！」

「うん。この前個展に行ってきたんだけど、食事中の風景を切り取った写真があってさ。それを見て、いいなと思ったんだよね」

「そうだったんですね……」

宰さんの話で合点がいったのは、このカメラマンとのやり取りをほとんど宰さんが取り仕切っていたことだ。忙しいのに、細かなやり取りまで自分でやっていたから、なぜだろうと不思議に思っていたのだ。

「ま、今回は取引先だからね。真面目にいくよ」

宰さんはそう言うと、入口をじっと見つめる。その扉から入ってきた男性の姿を確認すると、宰さんはすばやく立ち上がった。私もそれに倣い、椅子の横に立つ。

「よぉ、宰。待たせて悪かった。この間は来てくれてありがとな」

「いや、こっちこそ時間とってくれて助かるよ。今回はよろしく頼む」

宰さんと軽く握手を交わした長谷さんは、次に私を見て笑みを浮かべた。

「で、そっちの子が、今回の宣伝担当の子かな？」

「はい！　富士崎の部下の、佐伯陽芽といいます。どうぞよろしくお願いいたします」

「佐伯ちゃんね。長谷直樹っていいます、よろしく」

長谷さんはためらうことなく私にも手を差し出してくる。私は驚きつつも右手を出し、「ど、どうも……」と言って彼と握手した。

「……さ、直樹はそっち座って」

少し遊ばせた毛先や、革のジャケット、ダメージ加工の施されたジーンズ。一見、軽そうにも見えるけれど、話してみると、取っ付きやすそうなお兄ちゃんという印象を抱く。宰さんとはまたタイプの違う人だ。

「しかし、宰が俺に声をかけるとはね」

「この前の個展がなかなか良かったからな。それに人気も上がり調子のようだし。この辺りでお前を使うのも、悪くないと思ったわけ」

「なるほど。宰に認めてもらえるほど、俺も出世したってことか」

ふたりとも冗談を言い合って、くすくす笑っている。

同級生特有のくだけた雰囲気を見て、友達の前ではこんな顔もするんだと、宰さんの新しい一面を見た気がした。

「あ、ごめんね佐伯ちゃん。ふたりで話しちゃって」

「いえ、そんな。おふたりの楽しそうな様子を見ていると、私もおもしろいです」

「とりあえず、注文するか。直樹は何にする？」

宰さんは長谷さんにメニューを差し出しながらそう尋ねた。このお店はカフェとはいえ、ランチメニューも充実している。とくに生パスタは絶品だと、レビューに書いてあった。

私はウエイトレスさんを呼び、注文を伝える。それから宰さんを確認すると、彼は視線で私にGOサインを出した。

「では、簡単に、今回のコンセプトについてお伝えしたいと思います」

事前に作った資料を長谷さんに渡し、説明を始める。

「今回のターゲット層のメインは、二十から三十代の女性です。疲れを癒す至福のときを提供してくれる存在にしてほしいということを伝えたいと思っています」

「名前が『chocolat・arome《ショコラアロマ》』だもんね」

長谷さんの言う通り、今回はアロマのように癒してくれるチョコレートをイメージして、名前を『chocolat・arome』と名付けた。

長谷さんは、私の資料を眺めながら顎に手をあて、とても楽しそうにしている。

「広告を置く場所は？」

「ホームページに特設ページを用意します。それから電車のドア横広告と、女性誌にもページをとってもらうことになっています」

「なるほどなるほど」

長谷さんはそのまま資料に目を通していた。そうしている間に、注文したランチが届く。

私が頼んだのは、クリームパスタとサラダのセットだ。まず野菜を食べてから、お目当てのパスタへと移る。フォークにパスタを絡め口へ運んだら、その濃厚さに目が飛び出そうになった。

すごいっ、舌の上でクリームの滑らかさが広がっていく。生パスタも、もちもちしていてさらにクリームの味わいを引き立てて……。あぁもう、クリーム×生パスタ最強！

もぐもぐと無心で口を動かしていると、向かいから吹き出す音が聞こえてくる。見ると、長谷さんが口もとに手をやり肩を震わせていた。

「ごめ……、佐伯ちゃんってめちゃくちゃおいしそうに食べるんだね。見てたらおもしろくて、笑っちゃった」

「わっ……、見ないでください。恥ずかしい！」

「そう言われたって、向かいに座ってるんだから見えるのは仕方ないよ」

私はうつむき、恥ずかしさで赤く染まった顔を隠した。

「おい、直樹。あんまり俺の部下をからかわないでくれ」

「そんなこと言ったって、おもしろいものはおもしろいんだからさ」

たしかに、人前で料理のおいしさを堪能してしまった私も私だけど！

恥ずかしさと悔しさが入り混じり、私は水を勢いよく流し込んだ。

「俺は、そういうところが彼女の魅力だと思うけどね」

「んぐっ……、ゴホッゴホッ……！」

突然横からそんなことを言われ、むせてしまう。目を剥いて宰さんを見つめると、彼は何事もなかったかのようにしれっとして、「大丈夫？　気を付けなね」と私の背中をさすった。

「なんだよ、宰もからかってるじゃないか」

「俺は素直に褒めただけだから」

ふたりのやりとりの間も、私は恥ずかしくて顔を逸らしているしかなかった。

ふたりとも自由に私で遊びすぎだと思う。こういうところで気が合うというのは、さすが旧友と言えるかもしれない。

「佐伯ちゃんと食べてると、こっちまで幸せが移ってくるよ」

「そんなに私、顔に表れてます？」

「もう丸わかり。食べるの大好きでしょ、佐伯ちゃん。製菓会社の広報ってまさに天職だね」

初対面でここまで言い切られるなんて、どれだけわかりやすいのよ、私。

気持ちを落ち着かせようと、もう一度水を口に含んだ。爽やかなレモンの香りがして、口の中をサッパリと洗い流してくれる。

「この資料からもよく伝わってくるよ、このチョコレートがどれだけおいしいかってことがね」

「それはよかったです」

「これでだいぶ商品のイメージがしやすくなるよ」

長谷さんが言っているのは、私が作ったイメージ資料だ。このチョコレートがいかにおいしいのか、私の出来る限りの表現力で書きあげた。

よかった、長谷さんとはうまくやっていけそう。

宰さんも安心しているんじゃないかと思い、ちらっと見上げ確認すると、彼はなぜか神妙な面持ちでいた。

え？　宰さん、なんでそんな顔してるの？

その顔は少し怒っているようにも見える。私、なにか失敗しちゃったのかな……。

心配で何度も宰さんの方を確認していたら、そちらから携帯電話のバイブ音が聞こえてくる。

「悪い、少し電話に出てくる」

ポケットから携帯電話を取り出すと、宰さんは颯爽と席を立ち去ってしまった。

「忙しいんだな。さすが、富士崎製菓の社長令息ってところか」

「……長谷さんも、そういうことを言うんですか」

まるで宰さんの立場を揶揄《やゆ》するような言いぶりにがっかりしてしまった。

仲のよい友人だと思ったのに、会社の人たちと同じようなことを言うなんて。宰さんの周りには、彼をひとりの人として見てくれる人はいないのかなと悲しくなった。

「あ、嫌な気分にさせた？　ごめんごめん。でも、あいつが社長の息子ってことは、変えようがないだろ？」

「それは、……たしかにそうですね」

「だったら、こっちもそういうものだって思っておかないと。社長令息っていう事実は、あいつの一部なんだからさ」

意外にもサッパリとした言い方で、それに嫌味は含まれてない。むしろ素直に思いを言ったままでというように見えた。

「長谷さんの言う通りですね。……すみません。以前、部長のことを『所詮、親の七光りだ』って馬鹿にしている人たちがいたので、つい過剰反応してしまいました」

「大事なんだね、宰のことが」

斜め上の発言に固まってしまった。長谷さんは、おもしろいオモチャを見るような眼差しを私に向けている。

「そりゃ、大事です。……直属の上司ですから」

「そっか、そっか」

なんとか繕《つくろ》ってみたけれど、長谷さんは全く信じてくれていない様子だ。どうやって誤魔化せば、と困っているところに、ちょうど宰さんが戻ってきてくれた。

「抜けて悪かったな。実は、この後すぐに会議が入ることになったんだ。悪いがこの辺りで今日は終わりにしてもいいか？」

「もちろん。仕事の話は聞けたし、食事も終わってるからな」

「私、お会計してきます」

荷物を持ち、会計へと向かう。領収書をもらって、すでに外に出ている宰さんたちと合流する。

「長谷さん、今日はありがとうございました。これからよろしくお願いします」

「こちらこそ。佐伯ちゃんみたいな魅力的な子と一緒にお仕事できるなんて、楽しみだな」

「え……」

こんなところで、お世辞を言わなくても……。

慣れない言葉に、うっかり言葉が詰まりたじろいでしまう。

「えっと……それは、ありがとうございます」

とりあえず、と軽く会釈を返したけれど、それが正解だったかはよくわからなかった。

「じゃ、俺たちはそろそろ行くから」

「あぁ、またな宰」

簡単な挨拶をしただけで、宰さんは身を翻し歩いていってしまった。私も慌しく長谷さんに挨拶し、宰さんを追いかける。

なんだか宰さん、不機嫌？　私、何かやっちゃったかな。

「宰さん？　あの……」

「陽芽、今夜って空いてる？」

「え、……今夜ですか？　何もないですけど……」

宰さんは急に足を止め、私を見下ろした。ふたりきりのときと同じ瞳で見つめられ、それだけで鼓動が速くなっていく。

「なんか、今日は離したくない気分」

「え……」

「陽芽、今夜は俺と一緒にいてくれない？」

思いがけないお誘いに目を丸くし、放心状態になる。すると彼は急に表情を緩め、私の前髪をくしゃっとなでた。

「ごめん、今のは本気の冗談。忘れてもいいよ」

そう言って宰さんはまた歩き出す。

宰さん、今のは本気なんですか？ 冗談なんですか？ 『忘れてもいい』と言われても……、あんな言葉、忘れられるわけがないのに。

顔が熱くて、鼓動も速くて、私は宰さんの後ろを歩きながら、ひとり手で顔をずっと仰いでいた。

＊＊＊

「部長、ＰＲ文の案になります。確認お願いします」

「ありがとう、確認しておくね」

宰さんは私からプリントを受け取るとそれをデスクに置き、どこかへ行ってしまった。

私と宰さんは、普段の仕事に加え、新しいプロジェクトの進行も同時に行うようになった。

私は一メンバーだから、そこまで忙しくはないけれど、リーダーである部長はかなり忙しいみたい。

それでも、彼の優しい対応は変わらない。相談したいことがあれば時間を取ってくれるし、会議でピリピリした空気になっても、笑顔でそれを打ち消してしまう。

そんな姿を見ていたら、余計に清水先輩の言葉を思い出すようになった。

『彼のもとで働いていれば、絶対にいい影響を受けられる。数年一緒に仕事して、私が出した結論はそれだな』

まだ数ヶ月だけれど、私もそう実感している。彼のそばだと、自分のよさを引き出してもらえる気がするんだ。

そういえば、説明会で会ったときもそうだった。私の太った体型という欠点には目もくれず、私自身のいい点を探そうとしてくれていた。

私が好きになったこの人は、出会ったときのままなんだ。だったら、もし私があのときのぽちゃ子だったことがバレていたとしても、ちゃんと話を聞いてくれるんじゃないか。私はそんな期待を密かに抱き始めていた。

まぁ、そもそもにそんなプライベートな話をする暇さえ、宰さんにはないみたいだけど……。

あれだけ忙しく動いているのかなと心配になる。

体をこわさないといいけど……。今度なにか差し入れしようかな。

そんなことを思いながら、私は今日が提出期限の資料作成にいそしんだ。


私はオフィスまでの廊下を駆け足気味で通り抜ける。

しまったー、プロジェクトの件で営業の人と話してたら、いつの間にかこんなに遅くなっちゃってた。

もうほかの社員さんはほとんど帰っているようで、私の心も焦ってくる。

オフィスに着くとすでにそこに人はいない。自分のデスクに戻り、パソコンのシャットダウンと片づけを始めた。

そういえば、宰さんはどうしたんだろう。もう帰っちゃったかな？　もしまだだったら、さっき営業さんと相談したところを簡単に報告したいんだけど……。

そう思って、鞄を持ったままフロアを回ってみる。すると、宰さんの姿をパーテーションの中に置かれているソファの上に見つけた。

「宰さん……？」

声をかけても、宰さんは反応しない。彼はソファに体を伸ばし、目を閉じて静かに呼吸を繰り返している。

もしかして、寝てる……？　疲れてるんだな。そりゃそうだよね。誰より早く出勤して、遅くまで残業してるんだもん。

ソファのそばにしゃがみ込み、彼の寝顔を見つめる。すると、私の中の欲望がムクムクと顔を出してきた。

触りたい……。この無防備な宰さんを。

私は蚊の鳴くような声で、「宰さーん……」とささやいた。彼は変わらず無反応で、私は『よし』とひとつ小さくうなずく。

周りをチラチラと確認してから、彼の前髪にそっと触れた。

指をすり抜けるその髪は思った以上にやわらかくて、驚きで息が漏れてしまう。何度か手のひらで頭をなで、調子にのって前髪を掻き分ければ、整った顔がしっかり見て取れた。

色素の薄い髪。長い睫毛。通った鼻筋。薄い唇。

今はこんなふうに触れられる距離にいるけれど、本来は近づくことさえできないような人なんだよね。

そう思ったら悲しくなってしまい、私は視線を逸らした。

けれど急に手のひらを強い力で握りしめられ、思わず声をあげてしまった。

「ひゃ⁉　……な、な」

「悪い子、つかまえた。寝込み襲うなんて、やるじゃん」

宰さんは私の手を握ったまま体を起こし、ソファに座り込んだ。床にしゃがみ込んだままの私は、ほくそ笑んだ彼に真っ直ぐ見下ろされている。

私は、まるでいけないことをしているところを見つかった子供のように縮こまり、固唾《かたず》を飲んだ。

「襲うだなんて、そんな……」

「ふーん、襲ってないならなにをしてたって言うのかな、陽芽は」

「な、なにって……。ぅむっ」

急に両頬を挟み込まれ、顔をホールドされる。

「にゃ、にゃにしゅるんでしゅくゎぁー⁉」

「んー？　お仕置き？　寝てる上司にイタズラした罰、なんてね」

意地悪な笑みを浮かべる宰さんを睨み上げると、彼は「ごめんごめん」と言って手の力を緩めた。

でも、変わらず彼の手のひらは私の頬を包み込んでいる。

「陽芽は手もあったかかったけど、顔も熱いんだね」

それはきっと、こんなことをされてるからです。

私は悠々と見下ろしている宰さんを、上目遣いでじろりと見つめた。でも、その手はたしかにひんやりと冷たくて、私のできる術で彼を温めたくなった。

宰さんの手の上に、私の手のひらを重ね、包み込む。すると、目の前にある宰さんの瞳は丸く見開かれた。

「あったかいですか？」

そう尋ねると、宰さんは何度か目を瞬かさせてから目を閉じ、ふぅと深く息を吐く。

「……うん。でも、まだ少し冷たいんだよな」

「えっ……」

「もっと、熱くしてくれる？」

「あの、すみません、これ以上は……」

どうしよう、手は両方とも塞がっている。手を使う以外に温める術なんて、私には思いつかない。

おろおろしている私を見下ろす宰さんは、クスクスと笑い声を漏らしていた。

「大丈夫。こうすれば、もっと熱くなれるから……」

そう言うと宰さんは体をゆっくりと屈め、私の瞳を至近距離から捉えた。

次の瞬間、彼のやわらかな唇によって私の唇に熱が灯る。

この出来事がいわゆるキスというものだと気づいたのは、彼が一度体を起こし、その端正な顔がはっきり見えた瞬間だった。

私は立ち上がり、唇を手の甲で押さえながら勢いよく後退した。

「な、なな……なんで、急にこんな……！」

「したくなったから、つい」

つい……、でキスするものですか？

私はそれ以上なにも言えず、口もとを隠したままうつむいた。唇にはまだ彼の感触が残っていて、頬に熱が集まり、目もとに力を入れていないと感情が爆発してしまいそうだった。

「陽芽、あの……」

混乱する私は宰さんの言葉も無視し、荷物を掴んで駆け出した。

暗い廊下を抜け、エレベーターに乗るのも忘れ、階段を駆け下りる。『とにかく逃げなきゃ』と、懸命に足を動かした。

でも、自分がどこに向かうのか、なにから逃げているのかもわからない。

頭の中ではただひたすらエマージェンシーコールが鳴り響き、私の足を急かしていた。

恋については貪欲に

仕事終わり、私は加奈子といつものように女将さんのお店でカウンターに座っていた。

普段なら、からかわれながら恋バナに花を咲かせるところだけれど、今日はそうはいかない。

「質問です。男性が女性にキスするのって、どんなときですか？」

「そんなの、〝したいとき〟に決まってるでしょ」

加奈子の取りつく島もない答えに、私はつんのめる。

「したいときっていつよ……」

「したいときはしたいときよ。陽芽だって、『おやつ食べたいなー』って思ったら食べるでしょ。それと一緒」

加奈子は迷いもなくそう言って、揚げたてのコロッケを頬張った。

一緒……、なのかなぁ。なんか違う気がするんだけど。

私はカウンターに肘をつき、深くため息をつく。すると、私の前にも「はい、どうぞ陽芽ちゃん」とコロッケのお皿が置かれた。

女将さんにお礼を言って、それを口に入れる。サクッと衣が割れ、湯気とともに温かいジャガイモの味が広がっていく。

あぁー、コロッケってなぜこうも、ほっこりした気持ちになるんだろう。私は目を細めながら、その味を堪能した。

「陽芽ちゃん。加奈子ちゃんの言葉をもう少し細かく言ってみるとね、キスしたいと思うのは、〝相手に愛しさを覚えたとき〟よ」

「宰さんが私をそういうふうに見てくれた、っていうことですか？」

「そう。かわいすぎて、愛しすぎて、キスせずにはいられないほどだった、ってことよ」

女将さんの言葉で、私の顔は湯気が出そうなほど熱くなった。

そんなふうに思ってくれること、あるんだろうか。だって、宰さんにとって私はただの部下だ。親しくしてもらってるとは思うけれど〝愛しい〟なんて表現を受けたことはない。

「……宰さんはただ私をからかっただけ、ということはないですか？」

「もちろん、そういう人もいるだろうけど、そうだったとして、部長さんにメリットはあるのかしら？　彼は、自分にとって不利なことはしない人だと思ったけど」

たしかに、宰さんが私に嫌がらせをするメリットはない。でも、女将さんほどはっきり言い切る自信は、私にはなかった。

だって、相手はあの宰さんなんだよ？　かっこよくて、社長の息子で、仕事ができて、優しくて……。それに対して私は、仕事もまだ半人前で、実家はいたって普通の家庭で、元ぽちゃ子で……。

あ、宰さんにしてみたら、ぽちゃ子なほうがいいのか。けれどそれについても、まだ彼には打ち明けていない。もし知っていたとして、隠しているのは卑怯だと思わないのかな。

たくさん思考を巡らせる私に、女将さんは優しく微笑みかけた。

「なんかいろいろ考えちゃってるみたいだけど……、大事なのは、陽芽ちゃんと部長さん、ふたりの気持ちよ。それを忘れないでね」

女将さんのアドバイスに、私は姿勢を正し「はい……」とうなずく。

こういうとき、親身になってくれる人たちがいるのは、本当にありがたかった。

女子会という名の戦略会議を終えた私と加奈子は、お店を後にする。

メイン道路から一本入ったところにあるここは、灯りが少なめでオフィス街に比べると思う。ずっと暗い。でも、それが余計にしんみりとした静けさを醸し出しているとも思う。

「あー、やっぱり大将の料理おいしかったー」

「ホント。食べすぎちゃうよ、リバウンドしたらどうしよー……」

「まぁ、今の陽芽は少し痩せすぎなくらいだから、少し増える分にはいいんじゃない？」

「え！　ホントに？」

目を輝かせ加奈子を見つめると、おでこを人差し指で強めに突かれた。

私は痛みに目をつぶり、額を両手で押さえた。

「〝少し〟だからね！　調子にのって食べすぎたら、すぐに標準体重オーバーよ、陽芽の場合は！」

「痛い……。少しは優しくしてくれてもいいのに」

「優しくしたら陽芽の健康に優しくないでしょ！　あー、しまった。陽芽に『太っていい』なんて言うもんじゃないわ」

相変わらず厳しい加奈子に、私は額をさすりながら唇を突き出した。

加奈子の言葉さえ気にしなければ、ぽちゃ子の姿に戻って、宰さんの前に現れるんだけどな。

でも、そうしたところで私、胸を張って宰さんに『好き』って言えるのかな？

なぜかわからないけれど、その問いに自信を持ってうなずくことはできなかった。

「あれ？　あそこにいるのって……」

加奈子が指差した、反対側の歩道へと目をやる。少し遠くに見知った姿を発見した私は、衝撃的な光景に言葉を失った。

そこにいたのは宰さんで、彼のそばにいるのは上品そうな美しい女性。ふたりはそのまま、目の前にある高級そうなお店に入っていった。

その様子に、喉もとがギュウッと締めつけられたように苦しくなる。

「見た？　今、入ったのって、『みむらや』でしょ、超高級料亭の。富士崎部長と一緒にいたのって……」

あぁ、やっぱりそうなんだと、心の中で納得した。

あれが宰さんの本当の姿で、宰さんのいる本当の世界なんだ。あそこは私と住む世界の違うところで、彼のそばにいるべきなのは、ああいう綺麗な女性。

私なんかが宰さんに近づくなんて、到底ありえないことだったんだ。

さっき女将さんや加奈子に励まされたはずの心は、急激に冷めていった。

「……陽芽、大丈夫?」

「なにが?」

「だって、すごくつらそうな顔してるから」

加奈子の指摘に困惑し、顔を手のひらで覆った。

いろんなものを堪えるように、顔中に力が入っている。気を抜いたら、思いがあふれてしまうから、そのまま必死で抑え込んだ。

「大丈夫。あたり前のことを受け入れただけだから」

「は……? それってどういう……」

加奈子の声に聞こえないフリをして、宰さんがいるのとは反対の方へと足を進める。

加奈子はそれ以上は追求せず、ただ私の横に付き添ってくれた。

その日の帰り道はいつもより暗い気がして、まるで絶望への階段を登っているようにも思えた。

＊　＊　＊

つらくても仕事は待ってくれるはずもなく、私は朝から、明日締め切りの資料を仕上げていた。

するると、うしろから悲痛な声で呼びかけられる。

「陽芽ちゃーん……、今、手空いてるかな？」

「清水先輩、どうされたんですか？」

「いや、実は急に先方から説明資料を追加してほしいって依頼がきちゃって……。今日中に送らないといけなくなったのよ」

清水先輩は見たこともないほど意気消沈している。

「申し訳ないんだけど、手伝ってもらえない？」

今までお世話になってきた先輩に頭を下げられたら、断ることなんてできなかった。

「……はい、私でよければお手伝いします！」

「本当に⁉　助かった～。この資料をもとに作ってもらえればいいから、わからないところは言って！　じゃ、お願いね」

清水先輩はそれだけ言って、足早に去っていってしまった。

忙しいんだな。……大丈夫、私の資料は午後に仕上げればいいんだから。

私はまず、清水先輩から託された仕事をこなすことにした。

でも、思ったより多い資料をまとめるのに苦労し、終わった頃にはすでにお昼は過ぎていた。

できあがってすぐ、清水先輩のデスクへ持っていく。

「ありがとね。助かった」

「あとは大丈夫ですか？」

「うん、オーケー。本当にありがとう！」

さ、今からがんばって自分の仕事も間に合わせるぞ！


意気込んでまたパソコンに向かったけれど、……私は結局、『甘かった』という感想を抱いていた。

終業時刻を過ぎてすでに一時間近く経つ。それなのにまだ終わる兆《きざ》しがみえないという悲惨な現状に、私はひとり愕然とする。

「陽芽ちゃん大丈夫？　やっぱり今日急ぎの仕事があったんじゃ……」

「あと少しで終わるので……」

「そう？　ごめんね、私もこれから資料持っていって直帰だから、手伝えないんだ。明日だったら手が空くから、言ってね！」

走っていく清水先輩を見送り、何度目かのため息を漏らす。

とにかく今日中にこれだけ仕上げないと。もちろん、締め切りは明日だから急いでやる必要はない。けれど、私の頭の中では宰さんと美しい女性がふたり並ぶ姿がちらついていた。

できるだけ早めに仕上げれば、宰さんからせめて『仕事のできる人だ』と思ってもらえるんじゃないか。そんな気持ちでキーボードをタイプした。

静かなオフィスでひとり目の前の難問に取り組み、それから一時間近く経ってからなんとか資料は完成した。

宰さんはまだ帰っていなくて、会議ってこんなに遅いのかな、とつい心配してしまう。

「陽芽？」

その声に私は動きを止め、息を呑んだ。ゆっくり振り返ると、そこには予想通りの人が立っていた。

「宰さん……」

「まだ残ってたの。今、七時だよ」

「すみません。宰さんこそ、会議遅かったですね」

「あぁ、会議の後、ちょっと社長に呼ばれてたから……」

社長、ってことは、お父さんか……。

改めて、この人は社長の息子なのだと実感させられて胸が苦しくなる。

そんなことよりどうしよう、会っちゃった。仕事で認められたいとは思っていても、本人を前にすると戸惑ってしまう。

『ここまでやっておきながら、失敗したな』と落胆しながら、資料を背中へ隠した。

「もしかしてそれ、明日提出する資料？」

「え？　あ……、はい」

「遅くまでお疲れ様。受け取ろうか」

「……お願いします」

隠した資料を見逃すほど、宰さんの目は節穴ではなかった。結局、手渡しで提出することになってしまった。

彼は私の方へと近づき、資料をパラパラと確認している。

「じゃ、じゃあ私はこれで……」

「陽芽、この前はすまなかった」

私は何度か瞬きしながら、今の状況を整理する。

「えっと、『この前』って……」

「無理やりキスしたこと。身勝手な行動だった。悪かったと思ってる」

直接的な単語に顔が熱くなる。

こういう場合、なんて返したらいいのかな。『いいですよ、あれくらい気にしてません』と言ったら、まるで遊んでる子みたいだし。かといって『ずっと気にしてました』と言っても、自意識過剰な感じがする。

「でも、俺は真剣な気持ちだよ」

ぐるぐると考えていると、宰さんは私をじっと見つめ衝撃の言葉を放った。

「……え？」

「俺は、陽芽が好きだ」

一瞬、すべての外界の音が消え、宰さんの言葉だけが耳に飛び込んできたような感覚に襲われた。

好き？　宰さんが私を？

思ってもいないような展開に、私は激しく戸惑った。だって、私はまだ告白してない。私が説明会で会ったぽちゃ子だった事実も。私が宰さんに会うために努力して痩せたということも。それに……。

私の脳裏によみがえるのは、この前の宰さんの姿。綺麗で上品な女性と、一流のお店に入っていく。私とは住む世界の違うこの人が、私のことを『好きだ』と言ってくれるなんて……。

「ありえない、私なんかを好きなんて……」

ついポロリと言葉が漏れていた。

すると、宰さんの眉間に皺が寄り、纏う空気も少し重たくなった気がした。

「君の口からそういう言葉、聞きたくない」

「だって、本当のことです！　私なんて、なんの取り柄もなくて、仕事だってまだ慣れてなくて、特別かわいくも美人でもないですし。あなたに見出してもらえるような要素はひとつも持ってないです。私は、宰さんにふさわしくない……んむっ……」

宰さんは私の言葉を、手で口もとを塞ぐことで強制的に止めた。

私は口を押さえられた状態で、呆然と宰さんを見上げる。彼の瞳が語るのは、切なげな拒絶だった。

「……『ふさわしくない』だって？」

宰さんの手がゆっくり離れても、私はまだ黙ったままだった。〝放心状態〟というのが、正しいかもしれない。初めて見る彼の姿に、どう反応すればいいかわからなかった。

「『陽芽が俺にふさわしくない』って言うなら、君は誰だったら、俺にふさわしいって思えるんだ？」

宰さんは険しい表情を浮かべ、苦々しく言葉をこぼした。

こんな宰さん、見たことがない。いつも温厚なはずの彼の変貌に、私は自分がとんでもない間違いを犯したことに気がついた。

彼は私の答えなど待たず、言葉を続ける。

「俺と同じ立場の社長令嬢？　どこぞの名家の女性？　はたまた、うちで一番優秀な女子社員とか？　誰が認める相手だったら、君は『俺にふさわしい』って言うんだ？」

宰さんは、怒ったような、少し大きめの声で私へ一歩一歩近づく。

私は身を縮こまらせ、うしろへ下がった。けれど、どんどん迫られ、しまいには壁に追い詰められる。

宰さんはそのまま壁に手をつき、私を囲い込んだ。視線を上げると、彼の切なくゆがんだ表情をしっかり見ることができる。

「『俺が好きになった子は、俺にふさわしくない』って言うの、君は」

強い語調で言われていても、悲痛な叫びに聞こえるのはなぜだろう。追い詰められているのは私なのに、まるで私が彼を虐めている気分になる。

「ごめん、なさ……。私……」

私はいつの間にか、涙を滲《にじ》ませていた。頬を熱い涙が流れ落ちるけれど、ショックあまりかそれを拭き取ることも忘れていた。

宰さんは私の涙に気づくと、目を見開き一歩退いた。

「すまない……、泣かせるつもりじゃ……」

前髪を乱す宰さんの姿が、滲んだ視界の中に映る。

苦しまないで。あなたを傷つけたのは私だから。そう思うのに言葉は出ず、ただ嗚咽と涙ばかり出てしまう。

彼はポケットから出したハンカチを私の手に握らせると、なにも言わず立ち去ってしまった。

私、なにを間違えたんだろう？　わかるのは、ひどく彼を傷つけてしまったという事実。

どうしよう、好きだと言ってもらったのに、拒絶してしまったなんて。彼に好きになってもらうために努力してきたというのに、いざというときに勇気が出ない。

結局、私はなにも変わっていないのだと思い知らされた。痩せていても、太っていても違いはない。本当に変えなきゃいけないのは、この弱い自分だったのに。

「ふぅ……、宰さ……っ……」

ハンカチを強く握りしめ、懇願するように彼の名前を呼ぶ。

私はひとり残されたオフィスで、自分の不甲斐なさに、また涙した。

＊　＊　＊

ベッドに寝転んだまま、鼻をすする。ぼんやりとどこかを眺めていたら、お腹が小気味いい音を立てた。

こんなときでもお腹って空くんだ、すごい。

強靭な自分の食欲に感嘆しつつ、私はそこらへんにあった食パンを取り、なにも付けずに頬張った。

じわりと唾液があふれたのにつられてか、涙がまた滲んでくる。

……宰さんにひどいことを言ってしまった。

彼の前にさらけ出してしまったのは、いつまで経っても変われない、卑屈な自分だった。

どうしてこんな性格になってしまったんだろう。いつから私は、自分を卑下することでしか体面を保てなくなってしまったんだろう。

記憶を巡らして、ふと、ひとつの出来事にいき着いた。

そうだ、あれは高校生のとき……。私はとある男の子に恋していた。明るくて、クラスの人気者で、彼と話せるだけですごくうれしくて、その日一日幸せだった。

でもあの日、その子がクラスメイトの子と一緒に、誰と付き合いたいかという話をしていたのを聞いてしまったのだ。

『一番ありえないのは、佐伯だろ』

彼にそう言い放たれ、私の体は凍りついた。続く彼の言葉も、私の心を深く突き通すものだった。

『おもしろい奴ではあるけどさ、あの外見、まずありえないだろ。俺、自分より重い奴って無理。っていうか、デブは無理！』

とてもじゃないけれどそれ以上は聞いていられなくて、私はその場をゆっくり立ち去った。

次の日、いつものようにその子に声をかけられたけれど、どう返事したらいいかわからなくなった。

誤魔化そうとして私がひねり出した策は、〝自分の体型を卑下する〟という方法だった。

『あはは！　やめてよー。自分がデブってことくらいわかってるから！』

自分のことは自分が一番わかってるから、私の知らないところで笑うのはやめてほしかった。私の前で堂々と笑ってくれた方がまだマシだと、自虐的な発言をしながら願っていたことを思い出す。

……今思えば、なんて刹那《せつな》的な考え方だったのだろう。

おかげで周りからは、取っつきやすいデブキャラで受け入れてもらえたけれど、恋愛対象と見てもらうことは、そのときにあきらめてしまったのだ。

彼に好きになってもらう努力なんて、これっぽっちもしようとしなかった。

今の私もそれと同じで、『今の私なんて』と、端からあきらめていた。こんな私、あきれられて当然だ……。

カーテンの隙間から、明るい陽射しが入り込み、朝の訪れを伝える。

今日は平日だから、いつものように出勤しなくてはいけない。私は重い体を起こし、洗面所へと向かった。

泣き腫らして赤くなったまぶた。こんな姿も、高校のとき以来だ。

私は顔を洗って、お湯で濡らしたタオルで目を温めた。顔をなんとか整えて、電車に乗りいつものように会社へと向かう。

オフィスに到着すると、すでに出勤していた清水先輩が私に近づいてきてくれた。

「陽芽ちゃん、おはよ。昨日はありがとね。あれからすぐ帰れた？」

「おはようございます、清水先輩。少し残っていきましたけど、大丈夫でしたよ」

「その割には、なんか疲れてるっぽいけど……」

清水先輩に覗き込まれ、私は慌てて顔を覆い隠した。

やっぱり気づかれちゃうんだな。真っ白な頭の中、必死で言い訳を考える。

「あの、……昨日、夜更かししたり、あと泣ける映画見たりで、……だからだと思います」

「そうなの？　今日仕事だってのに、やっちゃったね」

「はい……」

なんとか誤魔化せたようで、ホッとする。

すると、フロアの奥にいる宰さんが立ち上がり、課長と歩いてくるのが見えた。

私は手のひらで覆った顔を、デスクの方へと逸らした。

宰さんはなにも言わず、私の横をスッと通り過ぎていく。宰さんがオフィスを出ていってからも、心臓はバクバクと暴れていた。

頭がクラクラするのは、眠気のせいかショックのせいか、どっちだろう。

「……仕事しなきゃ」

私はデスクに着いてパソコンに向き、そちらへ集中することを試みた。

仕事はそれなりにのめり込むことができて、お昼までなんとか心乱さず時間を過ごすことができた。

私はため息をつき、パソコンをスリープ状態にする。財布を持ち、ランチへ行くためエレベーターへ向かった。

今日は胃に優しいものにしよう。あったかいものがいいな。

止まったエレベーターに乗り込もうとしたとき、そのエレベーターから田嶋くんが降りてきて私は足を止めた。

「田嶋くんお疲れ様。今まで出先だったの？」

「あぁ。この間話してたところに行っててさ。契約取ってきた」

田嶋くんは満面の笑みでそう告げる。

私はうれしいその報告に、今日一番テンションが上がった。

「うまくいったんだ！　おめでとう、がんばってたもんね」

「おぉ。サンキュ」

田嶋くんの努力が実ったと思うと、私も幸せな気持ちでいっぱいだ。

「本格始動は再来月だから、とりあえずいったん気が抜けるかな。今まで緊張続きだったからさー……」

「大変だったね。どっか食事とか飲みとか気晴らしにいこうよ、パーッとさ！」

笑ってそう言うと、田嶋くんは少し考えてから「じゃあさ……」と切り出してきた。

「今晩、一緒に食事行かないか？」

「え？」

田嶋くんは「この前、仕事が成功したら食事に行こうって約束しただろ？」と付け加える。

そういえば、そんな約束してたっけ。『ふたりで』と言われて緊張したのを思い出す。

「今日って例のプロジェクトの方は忙しいか？」

「んー、今日はまだ落ち着いてるけど……」

田嶋くんは気の張った様子でじっと私を見つめている。

その表情を見ていたら、一緒にがんばってきた同期の田嶋くんを労ってあげたいという感情が強くなった。

「うん、行こっか」

私の答えに、田嶋くんの表情も明るくなった。

＊＊＊

田嶋くんに連れられて来たのは、駅前にあるアメリカンなお店だ。ネオンや看板が内装として使われていて、すごくオシャレ。なにより、多くの商品がビッグサイズで提供されることは私にとってとても魅力的だった。

「うまいんだけど量が多いよな……。佐伯、大丈夫か？　無理するなよ」

「え？　無理なんてそんな、むしろ大歓げ……、じゃなくて……、食べられる分だけ、もらうね！」

さらっと昔の名残を見せそうになってしまい、慌てて取り繕う。

けれど運ばれてきたハンバーガーやポテトを見たら食欲が勝ってしまい、私は目を輝かせ、大きな口で頬張った。

「相変わらずうまそうに食うよなぁ」

「だって、好きなんだもん。食べること」

「やっぱりか。佐伯はいつも飲み会で、アルコールより食事に走ってるもんな」

うわ、見られてるし。やっぱり田嶋くんにはバレバレだなぁ。私は恥ずかしくなり、顔を逸らした。

すると、視線の先にいるひとりの男性に目が留まった。というのも、その人がこちらをじっと見つめていたからだ。

え？　なんであの人、こっちを見てるの？

不思議な気持ちにもなるけれど、なんだかその人に見覚えがあった。

どこで会ったんだっけ？と記憶を巡らしていたら、とある光景がフラッシュバックしてきた。

長い廊下で、廊下に伸びる影が私の視界に映る。教室のドアの陰に潜みながら、私は中の会話に耳を傾けていた。

「え……、佐伯？」

その声は私の記憶の中で響く声と同じで、印象的な目もとや意地悪く微笑む表情にも見覚えがある。こちらへ近づいてくるのはたしかに、高校の頃片思いをしていた彼だった。

昔、私のことを陰で笑っていたその人の登場に息を呑み、私の体は自然と凍りついていった。

「嘘だろ！　お前、すっごい痩せてるじゃん！　高校のときはあんなに太ってたのに！」

彼は私たちのテーブルまで来ると、明け透けにそう言い放った。

彼の言葉に、田嶋くんはすごい形相で私を見てくる。

ちょっと……、なんでこの人こんなにデリカシーないの？　酔ってるから？

私は苦笑いを浮かべ、「もおー、やだな。久しぶりに会ったっていうのに、それ言わないでよ……」とやんわりたしなめる。

けれど、彼はまったくそれを理解できなかったらしい。

「全然違うじゃん。でも、たしかに面影は佐伯だ。マジかよ、すごいな」

彼はまるで珍獣のように私のことをジロジロ見ている。

太っていたときもこんなふうに見られていたけれど、痩せても同じなんだな。

悲しいあきらめが、私の感情を支配していった。

次に彼は田嶋くんの存在にも目を留めると、なにか気づいたらしく携帯電話を取り出した。

「もしかして連れの人、このこと知らないんじゃない？　ちょっと待って、たしか成人式のときの写真が……ほら！　ジャーン、すごいだろ、ぽっちゃりな佐伯！」

彼はそう言って、手のひらで操っていた携帯電話の画面を田嶋くんに見せつけた。

そこに映っているのは、太っていた頃の私。

カアッと血が上った私は、身を乗り出してその画面を遮った。

「……もうっ。いい加減にしてよ、驚いてるじゃん。ごめんね、田嶋くん」

「いや、佐伯、俺は別に平気だから……」

「ところで、ダイエットのきっかけはなんだったんだよ？」

彼は私たちのことは気にも留めず、すでに次の話題に移っている。あきれつつ私はその問いを繰り返した。

「……は？　きっかけ？」

「なにかしらあるだろ。体調崩して痩せたのを機にそのまま、とか。誰かに恋したから、とか！」

恋、というワードに眉根が寄る。今の私にとっては、笑えない言葉だ。

私はうつむき、静かに席に座り直した。けれど、それを照れているからだと勘違いした彼は、「お？　まさかのビンゴ？」なんてうれしそうにしている。

「ち……、違うから！　就職するときに、友達から『太ってると不利』ってアドバイスされて、がんばっただけ！」

「うわ、そいつキツ……。ま、あたってるけどな」

「でも、痩せてよかったよ！　おかげで体が楽に動くようになったし、階段で息があがらなくなったし？」

「え、まじ、すげ〜。たしかにお前、教室移動でも息切れてたもんなぁ！」

私の言葉で、彼はお腹をかかえて笑い出す。

「……佐伯。俺、ちょっと手洗いに行ってくるから」

気を利かせたのか、田嶋くんが席を立つ。田嶋くんの背中を眺めながら、彼はニヤニヤと笑っていた。

「もしかして、あいつ、佐伯の彼氏？」

「え？　……ち、違う違う、ただの同期！」

彼氏だなんて、田嶋くんに申し訳ない。この人にとって私は、太っていた頃と同じ、からかいの対象でしかないのだ。

私がはっきり否定すると、彼は「それは好都合」と言う。そしてテーブルに手をつき、私の顔の近くでささやいた。

「なぁ、この後、一緒にどこか行こうぜ」

私は彼の言葉に耳を疑った。

『一緒に』って、誘ってるってこと？　あれだけ馬鹿にしておきながら……。

この人の考えていることを理解できず、私は体を引いて、少し軽蔑を含んだ視線を向けた。

「なに言ってるの。そんなの無理に決まってるじゃん、彼も戻ってくるし」

「いいだろ。体調悪くなったとか適当に言って、ばっくれれば」

「そんな失礼なことできるわけないでしょ、いい加減にしてよ」

私がはっきり断ると、彼はあからさまに不機嫌になった。

「なに本気になってんだよ。お前なんて、痩せたところで相手にするかっての」

私を傷つけようとしているだけだとわかるのに、ショックでなにも反応できない。

『痩せたところで相手にされない』

その言葉は、今の私にとっては胸をえぐられるようにつらいひと言だった。

彼が『勝った』というふうに鼻で笑ったとき、その背後から声が響いた。

「あんた、佐伯になにしてるんですか」

戻って来た田嶋くんが、目の前の彼を睨みつけている。その気迫に、私を馬鹿にした彼は目に見えて狼狽《うろた》えた。

「や、あの、これは……」

「さっきから俺たちが迷惑してるってこと、わからないんですか」

田嶋くんはまったくたじろぐことなく、彼を見据えている。

「佐伯をこれ以上傷つけたら、承知しませんけど」

その言葉に同級生の彼は「じょ、冗談だってば……」と笑って、そそくさと店を出ていった。まさに、台風一過という感じだ。

「佐伯、大丈夫か？」

「うん、平気……。田嶋くん、ごめんね」

田嶋くんのおかげで、気持ちが落ち着いてきた。

そういえば、昔からあの同級生は人を蔑んだ物言いで、それで笑いを取るような人だった。それがおもしろくてみんなに人気だったけれど、今思えば、ただ人をけなすことしかできない人だったのかもしれない。

「あのさ、さっきの……」

田嶋くんの言う『さっき』は、太っていたときの私の写真だろう。私は先手必勝と、先に笑ってみせた。

「あははっ、びっくりしたよね、田嶋くん。実は私、前はすごいメタボだったの！

この会社に入るために激ヤセして。ずっと黙ってたんだけど……」

やっぱりどこかうしろめたくて、私の言葉は徐々に消えかかっていく。

言葉が途切れると、沈黙の時間が流れる。まだなにか話したほうがいいかなと、ソワソワし始めたとき、田嶋くんが「佐伯」とひと言呼びかけた。

視線を上げた私は、強い瞳で私を見下ろす彼の姿に瞠目《どうもく》した。

「気にするなよ、昔の話だろ。言うか言わないかは佐伯の自由だし、俺は気にしてない。……それに、佐伯はどんな外見でも魅力的だよ」

田嶋くんはポツポツとゆっくり言葉を紡ぐ。魅力的だなんて、聞きなれない言葉を使われ、私も田嶋くんも顔を赤くさせていた。

彼の気持ちがうれしい。精いっぱい、私を励まそうとしてくれているのがわかる。

私は自然とあふれてくる笑顔を、彼に向けた。

「ありがとう、田嶋くん。元気づけてくれて」

あの姿を見てもなお、こんなふうに言ってくれる人がいるとは思わなかった。

……いや、違う。宰さんはそういう人だった。だって、宰さんは太っていても、痩せていても、私のことを見つけてくれた。ただ、私がそれを信じきれなかっただけだ。

私自身を見つめてくれた彼の気持ちに、ちゃんと応えたい。

決めた、宰さんに私の過去の姿、そして今の思いを伝える。もしかしたら、受け入れてもらえないかもしれないけれど、後悔しないように、ちゃんと話したい。

＊＊＊

翌日、私は会社に着いてから何度も、昨日した決意を自分に言い聞かせていた。けれど、いざこういう状況になると、ふたりきりになるには具体的にどうしたらいいのかわからない。

仕事中はもちろん無理。昼休みはなかなかタイミングが合わないし。だったら、終業後かな……。

私は携帯電話を取り出し、ほとんど使ったことのないアドレスを出した。まだ出会ったばかりの頃に教えられた、宰さんのプライベート用アドレス。私はそこに、文章を打ち始めた。

【お疲れ様です。今夜、空いていますか？　お話ししたいことがあります】

送信ボタンを押そうか押すまいか悩み、私はすべての結末を自分の親指に委ねた。

『送信しました』の文言を見たら途端に緊張が押し寄せる。私はなにか気を紛らわせようと、仕事の資料に目を通した。

来週から、本格的に例のプロジェクトについて代理店と交渉していくことになる。そのために、準備万端にしておかなくちゃ！

パソコンに向き合い、懸命に資料作りをしていると、うしろから肩を叩かれた。

私のことをこうやって呼ぶなんて、清水先輩くらいなものだ。私は「なんですか？」と笑顔で振り返る。けれど、そこにいたのは私の予想した人ではなかった。

「えっ……、富士崎部長!?」

「佐伯さん、この仕事頼めるかな」

ドギマギする私とは対照的に、淡々と宰さんは資料をデスクに置く。

どうやら、プロジェクトに関する雑務のようだけれど、量が尋常ではない。目の前にそびえ立つ資料は、広辞苑か？ってくらいの量がある。

「これ、週明けに頼めるかな」

「週明け!?」

私は人目もはばからず大声をあげてしまった。この量をひとりで週明けに、実質今日と週末中で仕上げるなんて、無謀にもほどがある。

「わかってると思うけど、例のプロジェクトに関わる仕事だから、佐伯さんひとりでやってね。じゃあ、よろしく」

それだけ言いつけると、宰さんは自分のデスクへ行ってしまった。

いつもの穏やかな宰さんはどこへ？　こんな一方的に仕事を押しつけるような人じゃなかったのに。

戸惑いつつも、私は現実を受け入れることにした。

週明けまで……ってことは、残業決定だな。というか、残業した程度で間に合うの？　休日出勤？　はたまた徹夜？

青ざめていると、テーブルに置いた携帯電話が小さく揺れ、驚きで肩が跳ねる。

どうやら、メールがきたらしい。その相手は、ついさっきまで話していた宰さんだった。

なんで宰さんからメールが……。ドキドキしながら、そのメールを開く。

【お疲れ様。俺も話したいことがあるんだ。オフィスで待ってて。その仕事は、周りへのカモフラージュだから、ほどほどでいいよ】

このメールで、さっきの彼の行動の意味を理解する。

宰さんも、話したいことが……？　高鳴る心音を感じながら携帯電話を戻し、できるだけ落ち着いた素振りで仕事を再開する。けれど気持ちは逸り、キーボードのミスタッチが増えてしまう。

あぁ、もう。落ち着かなきゃ。まだ何時間も待たないといけないんだし。

私はその後ずっと、時計を頻繁に確認しながら、その時を待った。

＊　＊　＊

「陽芽ちゃん、大丈夫？　手伝おうか？」

「いえ、平気です」

「でも、この量は尋常じゃないでしょ」

「たしかに多いですけど……、でもこれは私のプロジェクトですし。私が責任持ってやります！」

心配してくれる清水先輩に本当のことが言えず申し訳ないけれど、私は頑なに援助の手を断った。

最終的に清水先輩は、「そう？　それなら帰るけど、……無理しないでね」とまだ私を気にかけながら、オフィスを去っていった。

誰もいないオフィスで、私は昼に宰さんから渡された仕事をひたすらこなす。そうしないと、気持ちが落ち着かない。

宰さんはなにを話したいんだろう。そして、私はどうなってしまうのだろう。

就職試験の結果待ちをしていたときみたい。その瞬間が早くきてほしいと思うのに、こないでほしいとも願ってしまう。

複雑で落ち着かない心を持て余していたとき、オフィスの入口で微かに靴音が鳴る。

振り返るとそこには、私をじっと見つめる宰さんが立っていた。

「悪い、待たせたね」

「いえ、大丈夫です」

ニコリと微笑み、立ち上がる。よかった。私、ちゃんと話せてる。

心臓は暴れてるけれど、頭がやけに冷静なのはきっと、伝えることは決まっているからだ。宰さんがなにを言うかわからないけれど、私の気持ちは決まってるから。

宰さんはゆっくり一歩一歩私のもとへ近づいてくる。彼は私の前に立つと目を細め、頭を下げた。

「今まで勝手なことばかりして、悪かった」

想定外の懺悔に、私は彼の姿をただ呆然と眺めていた。

「……どうして宰さんが謝るんですか？」

なにか宰さん、悪いことした？　どちらかと言えば、彼を傷つけたのは私なのに。

頭を上げた彼は私から視線を逸らし、気まずそうに言葉を紡ぐ。

「無理やりキスしておいて、勝手に告白して、断られたらキレるって……、どれだけ子供だよ、って反省した。陽芽からしてみたら、すごく自分勝手な行動だったよね」

「そんなこと……」

私は口をつぐみ、今までの自分を振り返った。

どうして宰さんは自分が悪いと思ってしまったんだろう。それは、私が自分の気持ちを伝えなかったからだ。

うれしいも、苦しいも、悲しいも、言わないと伝わるわけがないのに。

「私……、宰さんが自分勝手だなんて思ってないです。だって私は、宰さんがしてくれたこと、全部うれしかったんですから！」

私のたどたどしい言葉に、宰さんは耳を傾けてくれる。私は恥ずかしさをこらえ、思いを打ち開けた。

「……キスも、告白も、うれしかったです。ただ、私に受け止める覚悟がなかっただけで……」

宰さんの息を呑む音が聞こえる。

私は目をつむり、逃げ出したい衝動をグッと堪えた。固まった私の肩に、宰さんの大きな手のひらがのせられる。そっと目を開くと、優しい眼差しを向ける宰さんと目が合って感情が込み上げる。

「それは、今は俺の気持ちを受け入れてくれるってこと？」

宰さんの笑顔についい思いがあふれ出しそうになり、一度深く息を吐いた。

このまま、ただ『私も好きです』と気持ちを打ち明けて彼に受け入れてもらえたら、きっと楽だと思う。でも、私はまだ事実を伝えていない。

彼の隣に立つ自分は、素直で真摯な姿でありたい。だから、ちゃんと自分の言葉で、自分の意思で伝えるんだ。たとえそれが、彼に拒絶される要因になったとしても。

「……その前にまず、私の話したかったことを聞いてくれませんか？」

真剣に宰さんを見つめると、彼も同じようにじっと私を見て、すべてを受け入れようとしてくれる。私は深呼吸してから話し始めた。

「実は私、宰さんに隠していたことがあるんです」

私は携帯電話を取り出し、一枚の写真を彼の目の前に掲げた。

「これは、私の昔の姿です」

見せたのは、太っていた頃の写真。宰さんと初めてふたりで行ったケーキバイキングのお店で、スイーツを頬張る私が、そこには写っている。

「私は説明会で倒れ、そこをあなたに助けてもらいました。そのときあなたに恋をして、そして、宰さんに会うために、この会社に入りました。……騙していてごめんなさい。あなたが探していたのは、私なんです」

私は恐る恐る彼の様子をうかがってみる。けれど、宰さんの表情はちっとも変わっていない。

怒りすぎて、顔に出ないくらいなのかな？　恐怖に震えそうになるけれど、私はそれをこらえ必死に言葉を紡いだ。

「初めは、あなたが『気に入っている』と言ったもとの姿に戻って、この事実を打ち明けるつもりでした。でも、わざわざ不健康な体に戻るなんてそんなことできなくて……。黙っていればいるほど、どんどん言い出せなくなってしまいました」

宰さんが無言で私の言葉に耳を傾けてくれるのが、せめてもの救いだった。おかげで私は、あまり気に留めず思いをありのまま吐露できていた。

「宰さんに『好きだ』と言ってもらったときは、ひどいことを言ってしまってごめんなさい。自分に自信を持てなくて、逆に宰さんを傷つけることになってしまって……」

もう一度気合を入れ直してから、グッと顔を上げて宰さんを真正面から見上げた。

「私はあなたのことが好きです！　太っていなくても、ぽちゃ子じゃなくても……私のことを愛してくれませんか？」

当惑か拒否か軽蔑か、なにを言われるかわからないから、彼の唇が開くのが怖くてたまらない。それでも私は必死で彼を見続けた。

突如、視界が大きく揺らぎ、温かく大きな何かに包まれる。体を覆う熱と圧力、耳もとで聞こえる息づかい。それらすべてが、今、宰さんの腕の中にしっかり抱きとめられているのだと教えてくれた。

「とっくに、知ってたよ」

「……へ？」

「君が、あのときに会った子だってこと、俺は前から気づいてたよ」

「……えぇ⁉」

抱きしめられたまま、思い切り声をあげる。

『どういうこと？』と尋ねたくて、ジタバタもがき彼の顔を見ようとするけれど、強い力でそれは叶わない。

「い……、いつから、ですか？」

私は仕方なく彼に抱きすくめられたまま、その真意を尋ねた。

「うーん……、ケーキ屋で『もしかして』と思ったんだけど、例の小料理屋さんで確信した、って感じかな」

「それ、再会してすぐ……！」

そんなに早く気づいていたなら、どうして言ってくれなかったんだろう？　つまり、私が今まで必死に隠そうとしたり、誤魔化したりしていたのは、すべてお見通しだったってことなんだ。

サプライズをしかけたはずのに、逆にサプライズ返しをされたみたいで、恥ずかしいような居た堪れないような、とにかく気まずさでいっぱいになる。

「名前を呼んで恥ずかしがってる顔とか、おいしそうに食べる顔見ててさ……、なんとなくわかった。声なんてそのままだしね」

「なんで？　なんで、もっと早く言ってくれなかったんですか？」

ひとり相撲をとっていたみたいで恥ずかしくて、私はいじけ気味に彼を追求した。

宰さんは、困ったような笑い声をあげ、あやすみたいに優しく私の頭をなでた。

「職場にも言ってないみたいだから、隠したいのかなと思ったんだ。それに、『会わせてやる』なんて豪語してるから、なにしてくれるのかな、って楽しみでもあったし。陽芽が困ってるところを見るのも、なかなかおもしろかったよ」

「な、にそれ……！」

「こんな男で、幻滅した？」

宰さんは試すみたいに、調子よく尋ねてくる。私はそんな彼の挑戦に対し、抱きしめ返すという手段で応戦した。

「そんなこと、ありえません！」

出会ったときから、この人は意地悪だった。私をからかってくるけれど、優しく扱ってもくれる。それがわかってるから、私はこの人の腕に体を委ねられるのだ。

宰さんはしばらく私をただ抱きしめていた。けれどある瞬間、私の体は彼から引き離された。

顔を両側から固定されたことで、この後の展開を予感する。

「さ、陽芽。ここからどうしてほしい？」

「え？　どうって……」

戸惑う私を、宰さんは意地悪く見下ろしている。

「素直に『この前の続きをしてください』っておねだりできたら、お願い叶えてあげるけど」

「なっ……！」

そんなの、言えるわけないじゃないですか‼

とんでもない要求に私がアタフタしていると、頭上で微かに「……もう限界」というつぶやきが聞こえ、唐突に唇を塞がれた。

唇が離され至近距離にいる宰さんを見つめると、彼は熱のこもった視線で私をじっと探っていた。

「ごめん。ねだりたいのは俺の方だ。……キスさせて、陽芽」

「宰さ……、んっ」

私の唇は再び宰さんに吸い取られた。宰さんはさらに、何度もついばむキスを繰り返す。

性急な彼に驚くと同時に、幸せも感じてしまう。唇のやわらかさや触れる手のひらの優しさに、宰さんが好きだと改めて気づかされる。

しばらくしてからやっと離してもらえ、私はゆっくり呼吸を繰り返し熱を逃がした。

「あぁ、かわいすぎ……」

そうささやくと、宰さんはまた私を強く抱きしめた。

幸せすぎて、もう、耐えられない……！　私は赤い顔を誤魔化すように、必死で話を逸らす。

「……あの、気になってたんですけど。宰さんは私がぽちゃ子じゃなくても構わないんですか？」

「……それ、どういう意味？」

「だって、宰さんって〝ぽちゃ専〟なんですよね？」

必死で顔だけ上げて、彼の表情を下から覗いた。宰さんは相変わらず、不思議そうな表情をしている。

「それ、誰から聞いたの？」

「宰さんですよ！　ケーキ屋さんで言ってたじゃないですか。太ってたときの私が『頭から離れない』『気になる』って。私てっきり、宰さんはぽっちゃりした人が好きだから、昔の私に惹かれたのかと……」

「あぁ、そういうこと。それで、昔の自分に嫉妬してたとか？」

『嫉妬』という言葉に顔が火照る。けれどたしかに、宰さんが以前の私を好きかもしれないと思って、その姿に近づくよう努力してきたのは、それが原因かもしれない。

「そうかもしれません……。だから余計に、今の自分じゃ駄目なのかなって、不安になって……」

宰さんは私の髪に手を差し入れ、顔を包み込む。彼はとても優しい瞳で私を見下ろしていた。

「俺は別に、体型だけに惹かれたわけじゃないよ。実はあの日、倒れる前から陽芽のことを見てたんだ」

「……えっ⁉」

私は目を丸くさせ、驚愕の表情を浮かべた。それに対して宰さんはニコニコと変わらぬ笑みを浮かべている。

「え？　本当ですか……？」

「うん。本当」

言い切られても、まだ信じられない。初めて宰さんに会ったのは、私が倒れ真っ先に駆けつけてくれたときだ。それより以前には、話しても関わってもいないはずなのに。どうして彼は私のことを見ていたんだろう。

「太ってて、目立ってたからですか……？」

「目立ってたのは否定しないけど……。どちらかというと、君の明るい姿に惹かれたからだよ。なに言われても、明るく笑って。ひどいことされても、ほかの人を気遣って。そういうことができるって、すごいと思ったよ」

そんなに始めから見てくれてたんだ。胸の奥からじんわり温かい感情が広がっていく。

「そういう意味で言えば、俺は説明会で会ったときすでに、陽芽の優しくてかわいい笑顔にひと目惚れしたんだろうね」

「ひと目惚れ⁉　あ、ありえないです！　あんなに太ってたのに……」

私の額に宰さんの額がコツンとあてられ、その衝撃に一瞬目をつむってしまう。再び目を開いたとき、宰さんは穏やかな笑みを浮かべていた。

「見た目って、結構人の内面を映すものだよ。たとえ太っていても、俺にとって君はとても魅力的だった。だから、太っていようが痩せていようが、陽芽の魅力は変わらないんだ」

「宰さん……」

「俺は、どんな陽芽でも好きだから」

宰さんはまた私の頬に手のひらをすべらせた。でも、次はキスの雨は降らない。じっと熱のこもった視線を真っ直ぐ向けられる。私も同じように、彼を見つめた。

「やっと手に入った」

「……はい」

「ずっと、ずっとこうなりたかった。愛しくてたまらなかった」

『私もです』と言う前に、涙がひと粒流れ落ちる。宰さんは、それを優しく親指で拭い取ってくれた。

甘い言葉で満腹です

たくさんの絵の具をキャンバスに伸ばしたみたいに、窓の外の景色が滲んで流れていく。

それに見とれていると、左手に温かい感触を覚えドキッとする。

「陽芽、どうしてこっち見ないの」

「どうして、って……」

「こっち見てよ、陽芽。ね？」

宰さんは私の手に指を絡め、そのまま自分の膝に繋いだ手をのせた。

私はゆっくりと宰さんの方へ顔を向ける。微かな明かりの中、彼の少し照れた表情が見えた。

「やっとこっち向いてくれた」

うれしそうな声に、恥ずかしいような居た堪れないような、申し訳ない気分になる。

さっき私たちは、オフィスで思いをたしかめ合った。そして今は、ふたりでタクシーに乗り、家まで向かっているところだ。

「別に駅まででよかったんですよ？」

「ダメに決まってるだろ、そんなの」

「でも、宰さんは明日も朝から用事があるっていうのに……。別にこれくらいの時間に帰ることだってある……っ！」

続く言葉は、宰さんが人差し指を私の唇に押しあてたことで止められた。

「俺がもう少し陽芽と一緒にいたいんだ。だから許してよ」

甘えたような言い方に、かすれた声で「はい……」と返事をした。

「明日も明後日も用事があってごめんね。せっかく付き合い始めだっていうのに……」

『付き合い始め』という言葉に、ジーンと感動がわき起こる。

そっか、付き合ってるんだ。私たちは恋人で、私は宰さんの彼女になったんだ。

それだけでも十分幸せなんだから、これ以上一緒にいることを望むなんておこがましく思えてしまう。

「私は大丈夫ですから。気にしないでください」

聞き分けよくそう答えると、なぜか宰さんは繋ぐ手の力を強めた。

「なんか、一緒にいたいのは俺だけみたいで悔しいな」

「えっ⁉」

いじけたように彼は、私の手を両手でいじり始める。

指を付け根から先までなでられたり、爪を優しく拭われたり、水かきの部分を軽く弾かれたり。手しか触れられていないのに、そこから全身へと熱が広がっていく。

「俺はもっと一緒にいたいんだけど、陽芽は違う？」

「そういう訳では……。……っ！」

言葉に詰まると、指を絡められ、手の甲に唇が押しあてられた。宰さんは唇を微かに触れさせたまま、私をじっと見つめている。

「宰さん、手……が……」

「ん？　なに？」

「手……、くすぐったい……です」

「陽芽が本音を言ってくれたら、離してあげる」

とんでもない交換条件に途方にくれる。けれど、すがっても許してくれる彼ではないようだ。宰さんは上目遣いでさらに問いかける。

「陽芽は、俺と一緒にいたくない？」

「……そ、そんなことないです。私も宰さんと一緒にいたいです……！」

必死の思いでそう告げると、宰さんは手の甲から唇を離す。そして私の耳もとで

「素直でよろしい」とささやいた。

「明後日の夕方、デートしようか」

「……え？」

「夕食くらいしか一緒に過ごせないけど、それでもよければ」

「もちろんしますっ！　お願いします！」

私の反応に宰さんは吹き出して笑い出す。恥ずかしいけれど、それよりもうれしい気持ちが強い。

まさかこんなに早くデートができるなんて。夕食だけとはいえ、忙しい中、宰さんが取り分けてくれた大事な時間だ。

「じゃ、仕事終わったら連絡して迎えにいくね。行きたいところ考えておいて」

「はい、楽しみにしてます」

好きな人とお付き合いできて、優しくしてもらえて。こんなに幸せでいいのかな……。

私は手のひらを包む温もりとともに、夢のような幸福感に浸った。

＊　＊　＊

「今日の夕食、ここなんですけど……」

宰さんを連れてきたのは、彼と二度目に食事をした場所でもある、いつもの小料理屋さんだ。

「ここ、陽芽の行きつけだもんね？」

「はい……。すみません」

女将さんや大将にも宰さんのことを紹介したいと思い、私はデートの場所としてここを選んだ。

多少からかわれるとは思うけれど、それも覚悟している。それよりも、宰さんについて知ってもらうことの方が大事だから。

「こんばんは、女将さん」

店内に入り声をかけると、カウンターの向こうにいる女将さんは私のことに気がついた。その後すぐ宰さんを確認し、女将さんはさらに目を輝かせる。

「あら！　あなたが噂の部長さん？」

女将さんの言葉に、宰さんはじっと私を見下ろしている。

「噂の？」

「あ、えっと、その……よくここに来て宰さんのことを相談してたんです」

「お会いできてうれしいわ。……ってもしかして……？」

私と宰さんを見比べる女将さんに、私は照れ笑いを返した。

「実は……」

それだけで女将さんは理解してくれる。女将さんは目をらんらんとさせ、カウンターから出てくると、その勢いのまま私を抱きしめた。

「おめでとーう！　陽芽ちゃんがんばってたものね」

「ありがとうございます、女将さん……」

やっぱり来てよかった。こんなにうれしそうな女将さんが見られるんだもん。私は女将さんの背中に手を回し、目を潤ませた。

「ということは、今日はデート？」

「はい、夕食だけですけど……。奥の部屋借りていいですか？」

「もちろん。ふたりともまずはビールでいい？　すぐに持っていくわ」

私は女将さんにお礼を言って、個室になっている奥の部屋へと進んだ。

「ずいぶん女将さんと仲がいいんだね」

「はい！　ご存じのとおり大学生の頃から通ってたお店で……。最近はいろいろと相談したくて頻繁に来てたんです」

「相談、ねぇ……。いったいどこまで話しちゃったのかなぁ」

宰さんは向かいから恐ろしげな気配を漂わせ始める。

私はそれから逃げるように、メニュー表を取り、眺め始めた。

そこへ、救いのように女将さんがビールを持って入ってくる。

「さ、どうぞ。これはサービスだから」

「え……、ありがとうございます」

「いいの、いいの。お祝いよ。それに、陽芽ちゃんから部長さんとのことでいろいろ楽しい話を聞かせてもらっちゃったんだもん。少しはお返ししないとね」

女将さーん！　そういうこと言ったら、あらぬ誤解を招いちゃいますから！　いや、たしかに部長との間にあったことはほとんど話しちゃってたけど。

「いろいろ、ですか。それは後から、聞き出さないとなぁ……」

宰さんは笑っているけれど、その表情はなんだか不気味。「ねぇ、陽芽？」と言って向けられるその笑顔が完璧すぎて、恐怖さえ覚える。

私、この後どうなっちゃうっていうの……！

女将さんは料理の注文を取ると、サッと出ていってしまった。

「陽芽って、口軽いんだ」

「ち……、違いますからっ。だいたい、相談しないようなことをする宰さんが……」

宰さんの、見透かすような鋭い瞳で見つめられたからだ。

「俺が……なんだって？」

「や……、別にそんな」

「相談しないといけないことって、具体的になんのこと？　もう少し詳しく言ってみて」

「それは、だから……」

『抱きしめたり、キスしたりしたことです』

そう、サラッと言ってしまえばいいのに。宰さんの射抜くような視線のせいで、言葉が出なくなってしまう。

「ふっ……、陽芽、顔赤い」

「お、宰さんがからかうからっ……！　もぅ……」

顔を覆って泣きつくと、宰さんは「ごめんごめん」と優しく頭をなでてくれた。

「陽芽がかわいいから、ついついかまいたくなっちゃうんだよね」

「宰さん、意地悪です」

「知らなかった？　男はいくつになっても、好きな女の子にはイタズラしたいものなんだよ」

私を見つめるその表情は、頬が染まり無邪気な笑みを浮かべている。

前にも宰さんのこんな顔を見た。たしかそれは、説明会のときと、あとはキスされる前に顔を両側から挟まれたときだ。

はじめのときはこんな表情もするんだ、くらいにしか思っていなかったけれど、親しくなるにつれ徐々に確信してきた。この人、多分かなりのS気質なんじゃないかな。

私は宰さんを上目遣いで睨み、「ひどい……」とつぶやいた。

「ごめんね。でもイタズラしたら、その何十倍も愛してあげるから」

そう言うと宰さんは、優しく私の顔を包み込む。そして、私の唇を瞬く間に奪った。

目を見開き口を半開きにして、情けないほど顔を赤くさせる私に対し、宰さんはまったく焦りを見せない。

女将さんが急に入ってくるかもしれないのに！

「宰さん！」

「してほしそうな顔してたから、つい」

そんな顔してませんっ！

私は彼から隠すように、熱を持った顔をうしろへ逸らした。

前から宰さんは私に優しい言葉をかけてくれていたけれど……、思いが通じ合ったときからそのレベルは確実にアップしていると思う。

優しいを通り越して、甘々、激甘。慣れていない私はその都度、顔を赤くし、言葉に詰まり、悶絶する始末。

そもそも、太っていて恋愛とは無関係だった私だ。痩せたのも宰さんのためだったから、ほかの男の人とこんな関係になったことなどない。

初心者の私には、宰さんの言葉攻めはハードルが高いんですってば‼

「もー、こんなに赤くなってたら、女将さんから変に思われちゃうじゃないですか……」

「大丈夫、大丈夫。密室に恋人がふたりきりでいるんだから、多少顔赤いくらいは違和感ないよ」

「それがダメなんですってば！」

誤解されたらどうしてくれるの？　まぁ、事実キスしてるんだから誤解ではないのだけど……。

手で顔をあおいで熱を冷ましているとちょうど襖《ふすま》が開き、女将さんが料理を運んできてくれた。

けれど、そのうしろに思いがけない人が立っていて、私は目を丸くする。

彼女は女将さんの横から顔を出し、「うわ、本当に富士崎部長だ」とつぶやいた。

「か、加奈子⁉」

「ちょうど今来たの。ちょっとお邪魔するわよ」

加奈子は女将さんの横を抜け、私の隣に堂々と座り込む。女将さんが出ていくと、彼女は品定めするかのように、宰さんをじろじろと眺め始めた。

「ちょ……、加奈子、そんなに睨んだら失礼だよ」

「なんでよ。親友の新しい彼氏がどんな人なのか見るのは当然のことでしょ」

それ以前に、彼は私と加奈子の上司なのですが……。

それでも宰さんは、嫌そうな顔ひとつしていない。

「宮野加奈子さんだね。陽芽から君のことは聞いてるよ。大学のときから仲良くしていて、ぜひ紹介したいって」

「私も聞いてますよ、部長のこと。直属の上司のくせに、部下に抱きついたりキスしたりするセクハラ部長だって」

慌てて「そ、そんなこと言ってない！」と加奈子の口を必死で押さえる。

横目で宰さんを見ると、満面の笑みで私の方を見つめていた。

怖い。アレは絶対、後から遊ばれるタイプの笑いだ！

私は表情を強張らせ、青ざめてしまった。

すると加奈子はテーブルに肘をつき、じっと宰さんを見据える。

「この子はそんな部長のことが本当に好きなんです。こっちがあきれるくらい。だから、この子のこと大事にしてください」

加奈子は宰さんに臆せずはっきり告げた。それは、私のことを本気で大事に思ってくれているからだとわかる。

「あぁ、約束するよ。大事にする」

迷いなくそう告げられ、私は感動のあまり、隣の加奈子に抱きついた。鼻声で「加奈子ぉぉぉ……」とすがると、おでこをペシッと叩かれた。

「コラ、これから陽芽が頼ったり甘えたりするのは私じゃないでしょ」

「そんな……、まだ加奈子にも甘えたいよ」

「私はいいけど、向かいの上司様はそれが気にくわないようだからね」

視線を宰さんの方に向けると、彼は腕を組み、つまらなさそうに顔をしかめていた。

瞳は優しいけれど、これ以上いくとどうなることやら。

「じゃ、私そろそろ行くね」

「えっ！　もう？」

「明日も仕事だっていうのに、こんなベタ甘カップルに付き合ってられますか」

加奈子はうんざりというように肩をすくめ、すばやく部屋を出ていってしまった。

「で、俺がセクハラ部長だって言ったの？」

「っ……本当に言ってないですから！　相談したのはその通りですけど……、でもセクハラだなんて……」

「わかってるから。焦っちゃって、かわいいなぁ」

慌てる私を見て、宰さんはくすくすと笑い声を漏らした。

またからかわれた。私は本気で困ったっていうのに。

「大事にしてくれるんじゃなかったんですか？」

ふてくされ気味に睨んでみると、宰さんは私の隣までやって来た。

そのまま肩が触れ合う距離に座ると、彼は優しく手を握ってくれる。当然のような恋人繋ぎは、私の手にしっとり馴染み始めていた。

「大事にしてるよ。君の困った顔がかわいいからいじっちゃうけど、もし嫌な気持ちにさせたのならごめん」

「嫌じゃないですけど……、傷つけたかもってドキドキするのは心臓に悪いです」

「そっか。気をつける」

宰さんは黙ったまま、私の手を指でなで始める。

ささやかなスキンシップはまだ慣れないけれど、だから余計に、たまらなくうれしい。でも、今の私にはもうひとつ気になるものがあった。

「ね、ご飯食べましょう？　こんなにおいしそうな匂いしてますし」

「ぷっ。本当に陽芽は食べることが好きなんだね」

宰さんは私の頭を軽くポンポンとなで、もとの席へ戻った。

追いやったみたいになっちゃったかな。でも、食事は大事だし。それに、今のうちに私は聞きたいことがあるんだ。

「あの、ひとつ確認したいことがあるんですけど……」

「ん？　なに？」

私は覚悟を決め、ここ数日気にかけていた問題について口にした。

「この前、『みむらや』さんに一緒に行っていた綺麗な女性は誰ですか……？」

「『みむらや』に一緒に行った女性……？」

前、加奈子とここを出た後に、宰さんと女性が高級料亭に入っていくところを目撃してしまった。付き合えたことで有頂天になっていたけれど、この問題をなし崩しにするわけにはいかない。

「まだ私たちが付き合う前に、一度そこで見かけたんです。宰さんと女性が一緒にお店に入っていくのを……」

詳しく説明しても、宰さんはピンときていないようだ。

「いつのこと？」と尋ねられ、私は覚えている範囲内でその日を伝える。

すると、宰さんは携帯電話を取り出し、スケジュールを確認し始めた。その携帯電話につけられたケースは、私がプレゼントしたレザーのものだ。

「……あぁ！　それ多分、接待のときだ」

「接待？」

「うん、その女性はたしか、相手方の社長さんの秘書じゃないかな」

「たしか写真が……」と、宰さんはなにか調べ始める。こちらに向けられた画面には、宰さんとうちの社長、五十代くらいのかなり恰幅のよい男性、そして若くて綺麗な女性の姿があった。その女性の姿は、なんとなくこの前見たその人に似ている気がする。

「社長さんに先に入ってもらったから、そのときは俺と彼女しか見えなかったんじゃないかな。もし必要なら、電話してもいいけど……」

「そこまではいいですっ！」

本当にかけてしまいそうだったから、私は慌ててそれを制止した。

「どう？　信じてくれた？」

「……はい。すみません、疑っちゃって」

「ううん、うれしいよ。ヤキモチ妬く陽芽もかわいい」

誤解して疑ってしまったことと、何度も『かわいい』と言われることで、顔に熱が宿る。

私ばっかりヤキモチを妬いて恥ずかしいけれど、恥かきついでにと、私はもうひとつ気になることを尋ねてみる。

「……ちなみに、宰さんって婚約者さんはいらっしゃるんですか⁉」

「いないに決まってるでしょ。いたら、君にアプローチはしてない」

当然、と言わんばかりの即答を聞いて、やっと肩の荷が下りた気がした。本当に私、この人と真剣に付き合ってるんだ。

「陽芽、不安なことがあったら悩まず俺にちゃんと言ってよ。ひとりで抱えられた方が、心配だから」

宰さんの真っ直ぐな視線にしっかりうなずいた。

「さ、そろそろ本当に食べ始めないとな。いただきます」

宰さんが箸を取ったのに合わせ、私は料理を取り分けた。今日のメニューは、揚げ出し豆腐、梅シソを挟んだトンカツなどなど。宰さんとの食事が楽しすぎて、箸がどんどん進んでしまう。

「おいしい〜！　私、ここの焼きおにぎり大好きなんですよ」

醤油が染みて軽く焦げ目の付いた香ばしい焼きおにぎりを頬張りながら、私は幸せを噛みしめる。

「そんなにおいしいの？」

「はい！　宰さんも食べますか？」

「うん、ちょうだい」

新しいものを注文しようかなと思ったけれど、宰さんは私の手を両方とも掴み、自分の方へ引き寄せた。そのまま彼は、私の手の中にある焼きおにぎりをかじる。すでに半分ほど食べてしまっていたせいなのか、宰さんの歯は私の指までかじり、その衝撃で肩がピクリと跳ねた。

「……ごめん、陽芽のことも食べそうになった」

彼はなにか含んだような笑みを浮かべ、私を見つめる。まさかこんなことをされるなんて思っていない私は、顔を真っ赤にさせて宰さんに視線を送った。

「ごちそうさま、いろんな意味で」

「ど、どういう意味ですか……！」

私は赤い顔を逸らし、焼きおにぎりを食《は》む。いつものおいしいおにぎりのはずなのに、緊張で味がわからないのが悔しい。

それに対して宰さんはすでに食事を再開し、「おいしいね、陽芽」なんて笑ってさえいるから驚きだ。

私は平然としている宰さんのことをじっと見つめた。

すごく食べ方が美しくて見惚れてしまう。勢い任せに食べている自分とは大違いだ。

「宰さんの食べ方って綺麗ですよね」

「そう？　ありがとう」

「私も見習いたいです。箸の持ち方とかも……」

自分の手にある箸の形を見て、眉根を寄せる。微調整を施すけれど、宰さんのように綺麗には持てない。

「俺は陽芽の食べ方が好きだけどな」

宰さんは私を眺めながらうれしそうに表情を緩める。うれしいけれど、どういう意味なんだろうと思い、とりあえず確認してみる。

「それはたとえば、どういうところです?」

「ひと口ひと口、幸せそうに感動するところとか、無心で頬張るところとか。小動物を見てる気持ちになる」

「……それは、褒めてるんですか?」

「ううん、違うよ。好きになった愛しい人について、ただ思い切りのろけてるんだ」

ためらいもせず告げる姿に、こっちの方が恥ずかしくなってくる。

でもそうやって私に愛の言葉をかけてくれることで、私の自信も築き上げられているのかもしれない。

今まで自信が持てなくて、自分のことを卑下してばかりいた。でも、こんなに安心させてくれる人となら、自信を持って隣に立っていられるんじゃないかな。

真正面に座る彼に満面の笑みを浮かべると、同じように彼も優しい微笑みを返してくれた。

＊　＊　＊

「……というわけで、『みむらや』の女の人と宰さんの間にはなんにもないみたい」

「ふーん、あそこにいたのはそういうことだったんだ」

宰さんとのデートからしばらく経った金曜日。私は加奈子とともに再び女将さんの店を訪れていた。

加奈子も『みむらや』に入る宰さんを目撃して不審に思っていたから、改めて説明しなくてはと思っていたのだ。

けれど、私の話を聞いても加奈子はとくに驚くわけでもなく、平然と大将の絶品茶碗蒸しをつついていた。

「加奈子、結構冷静だね。もっといろいろ言うかと思ったのに」

「この前、デートの最中に乗り込むまでは文句のひとつやふたつ言ってやるつもりだったんだけどね。なんかあの富士崎部長の姿を見たら、どうでもよくなっちゃったの。この人、陽芽を裏切ることはしないだろうなって、そう思えたから」

何気ない彼女の言葉が、私の胸に染み込んでいく。

あのとき、そこまで考えて乗り込んできてくれたんだ。改めて彼女の優しさに触れ、本当に私はいい親友を持ったと実感した。

「ありがとうね、加奈子。今日は私、奢っちゃう！　デザートも付けていいよ、なにがいい？　アイス？　ゼリー？」

「奢ってくれるのはうれしいけど……、陽芽、部長と付き合えるようになったからって油断して、好きに食べまくってるんじゃない？」

加奈子の鋭い指摘はまさに図星で、深く胸に刺さる。「そんなことないよ？」ととぼけてみせても、加奈子を騙すことはできない。

「この間の料理見てみたけど、結構脂っこいもの食べてるみたいじゃん。前より少しふっくらしてきてるんじゃない？」

「え！　うそ!!」

加奈子の言葉に愕然とする。私、リバウンドしてる？　最近体重を測ったときは、そこまで増えてなかったけれど……。いや、筋トレを休みがちだったから、体重は変わっていなくても筋肉が脂肪に取って代わっている可能性もある。

「油断禁物だからね。ちゃんと自己管理しなよ」

「は……、はい。肝に命じます！」

私が加奈子に向かって敬礼すると、カウンターの中から女将さんがクスクスと笑っていた。

「あんまり強く言っちゃかわいそうよ、加奈子ちゃん。ほら、ふたりとも。今日のアイスクリームどうぞ。サービスよ」

「わっ！　ありがとうございます、いただきます！」

「女将さんっ、甘やかさないでください。この子放っておくとまた戻っちゃいますから。……陽芽、リバウンドすると、ダイエット前より脂肪が増えてることも多いんだよ。気をつけないと陽芽の寿命が縮んじゃうんだからね？　わかった？」

再び物騒な警告を受け、私はスプーンをくわえながら、何度もうなずいた。

たしかに加奈子の言う通り、リバウンドだけは絶対阻止しなきゃ。せっかく付き合えたのに早死になんてたまったものじゃない。

「できる限り、宰さんと一緒にいられるように、がんばります」

「よろしい！　……そういえば、その富士崎部長は昨日から出張なんだっけ？」

「うん、そう。二週間だって」

新商品のプロジェクトが佳境にさしかかり、宰さんは社長からの直々の指示で海外での商品発売のために出張することになっていた。

付き合うことが決まってからすぐに宰さんは教えてくれて、彼の律儀さや真摯な態度が本当にうれしかった。

「大丈夫なの？　陽芽」

「え？　どうして？」

「だって、まだ付き合い始めたばっかりなのに、二週間も離れなきゃいけないなんて、つらいと思うから」

加奈子の指摘に言葉が詰まり、うつむいてしまう。正直なところ、大丈夫とは言い切れない。でも……。

「宰さんが社長の息子で、そのせいで一緒に過ごす時間が少なくなったとしても、それはしょうがないの。悲しくても寂しくても、私が一緒にいたいのは宰さんだから」

付き合えることになったとき、私は決めたんだ。富士崎製菓の社長令息だという事実もひっくるめて、私は宰さんを受け入れるんだって。それによってもたらされる幸せも悲しみも、全部受け止めるんだ。

「なんか陽芽、強くなったね」

加奈子はカウンターに肘をつき、うれしそうにハニカミながらつぶやいた。

「それも、富士崎部長のおかげなのかな」

「うん、そうかもしれない」

宰さんがどんな私でも受け入れると言ったから、私もどんな宰さんでも受け入れようと思った。

彼の覚悟が、私の勇気を後押ししてくれているような気がした。

「寂しくなったら、呼んでよ。いつでも一緒に飲んであげるから」

「……ありがとう。私、加奈子のことも大好きだよ」

「はいはい、わかってるから」

照れる親友にほくそ笑みながら、私は最後のアイスクリームをひとさじすくい、その心地よい冷たさを喉に流し込んだ。

＊　＊　＊

ビルの一室の扉を叩き少し待つと、慌しく近づいてくる音が聞こえる。ドアが開き、そこから見知った顔が現れた。

「佐伯ちゃん、わざわざ来てもらってごめんね。どうぞ」

「お久しぶりです、長谷さん。失礼します」

今日私は広告の写真の確認のため、長谷さんの事務所を訪れていた。テーブルの上にはたくさんの写真が広がっていて、彼の頭の中を垣間見た気がする。

私は打ち合わせ用に準備されたテーブルへと案内された。

「はい、これが広告用の写真。どうかな」

見せられたのは、女性がチョコレートを口にする写真だ。目もとは写っておらず、その口もとに焦点があてられている。上品で少しセクシーな印象を抱かせるその写真に、私は釘付けになった。

「すごいです……、イメージにピッタリ」

「それはよかった。いくつかパターンがあるけど、どれがいいかな？」

「そうですね……」

配置する場所や大きさに合わせ、使用する写真を選択していく。おおまかに決まったところで、長谷さんはコーヒーを淹れてきてくれた。

「どうぞ」

「ありがとうございます、いただきます」

「……ところで、宰とはうまくいってるの？」

突然の質問に瞬きして戸惑いを表す。でも長谷さんはちらりと私を見つめるだけで、とくに話題を変える気もないようだ。

「長谷さんは、なにか知っていらっしゃるんですか……」

「打ち合わせの直後に宰から釘刺されたからねー。佐伯ちゃんに『ちょっかい出すな』って。今、あいつ出張中なんだろ？　この前も『なにかしたら許さない』って連絡きてさ。どれだけ惚れ込んでるんだ、って笑った笑った」

長谷さんはコーヒーカップに口を付けながら楽しそうに言うけれど、こっちは居た堪れない気分だ。でも、宰さんが私の知らないところでもそんな独占欲を見せてくれていたんだとわかり、うれしい気持ちになった。

「佐伯ちゃんも恋が叶ったってわけだ。おめでとう」

やっぱり長谷さん、私の気持ちに気づいてたんだな。気まずくて、私はソワソワしながらコーヒーを口にした。

「しかし、あの宰がね。意外というかなんというか」

「……どういう意味ですか？　『あの』って、昔の宰さんはなにか違うんですか？」

「え？　そうだなぁ、なんて言ったらいいか。うーん……」

長谷さんはしばらく頭を悩ませている。

そんなに言い表しづらいことがあったのかな……。私はざわつく心を押さえながらその答えを待ちわびた。

「宰はほら、あのルックスとスペックだろ。玉の輿狙いの女の子とか、興味本位で近づく子達とかが周りにたくさんいてさ。まぁ、言っちゃえばかなりモテてたんだ。宰も基本は優しい奴だから告白されれば付き合いはするんだけど、なぜかすぐに別れるんだよなぁ。関係づくりが淡白というか、どこか諦めてるというか……」

長谷さんは寂しげにつぶやく。

私の知らない宰さんは、いったい何をかかえていたんだろう。何を思っていたんだろう。知りたいような、怖いような、複雑な感情に襲われる。

そんな私に、長谷さんは顔を上げ、今度はサッパリとした笑顔を見せた。

「だから、宰と佐伯ちゃんが付き合うことになって、俺もうれしいんだ」

「え……？」

「きっと、あいつが本気で執着するのは佐伯ちゃんだけだからさ」

長谷さんの言葉に、期待で心臓が暴れだす。宰さんが、私のことを今まで会った人たちよりも特別だと感じてくれているなんて、そんな幸せなことはないと思った。

「ど、どうしてそう思うんですか？　宰さん、なにか言ってたんですか？」

激しさを増す心臓の動きを感じながら、期待を込めて尋ねる。けれど、長谷さんは口もとをニヤつかせ、「さぁ？　俺がなんとなく思っただけ」と言ってのけた。

「本当に気になるなら、宰自身に聞かないと。直接聞いてあげれば、佐伯ちゃんとそれまでの女の子たちの違いをとことん教えてくれるんじゃないかな？」

「……そんなの聞きづらいに決まってるじゃないですか」

元カノの話題なんて、宰さんの口からはできれば聞きたくない。

少しだけでも教えてくれないかなと長谷さんの様子を伺うけれど、彼はもう私のことには気を留めず、意識を広告写真の方へと戻している。

私は結局、それ以上の追求をあきらめるしかなかった。


打ち合わせが終わりビルを出てから、携帯電話を取り出しメールをチェックした。けれどそこに新着のメールはなく、あからさまに肩を落とす。

宰さんが出張に行ってから、今日で十二日目。初めは毎日定期的にメールが届いていたけれど、さすがに忙しいのか、今では一日一通あるかどうかという頻度だ。

わかってはいたけど、やっぱりつらいなぁ。帰ってくるまでまだあと二日もある。うぅー、もどかしい。たった十二日間会えないだけでこれって、私これから大丈夫なのかな。

助かるのは、仕事に没頭していれば多少気が紛れることだった。プロジェクトが忙しいこともあり、ここ数日は毎日残業していた。

会社へ戻りビルへ入る直前に空を見上げると、すでに赤みは減り暗い闇が空を覆いつつあった。

静かな廊下を通り過ぎ、自分のオフィスへと向かう。ここ数日は、こうやって帰ってきたら、宰さんが戻っているんじゃないかと期待してしまうこともあった。

いるはずないって、わかってるのになぁ。

ひと際深くため息をつき、私はオフィスのフロアへ入る。けれど、フロアの一番奥の明かりに気がつき、私は放心状態になった。

「あ、陽芽」

「……宰さん？」

いるはずのない人がそこにいる。信じられなくて、私は軽く目もとを擦った。けれど、宰さんの姿は消えない。

「え……、夢？」

「ちがうよ、陽芽。本物の俺」

「おいで」

誘われるまま、私は彼のもとへと引き寄せられた。

宰さんはデスクの椅子に座っていて、その前に立った私の左手を優しく取る。そのまま宰さんは私の腰に腕を回し、ぎゅうっと顔を埋め込んで私の体に抱きついた。

「会いたかった」

彼の声と温もりは、私の熱をさらに煽る。私も彼の背中に腕を回し、彼の頭を抱きかかえた。

「私もです。本当にすごく会いたかった……！」

オフィスだってわかっているのに、感情があふれて止められない。彼に会ったことで得られた充足感に、その存在の大きさを思い知らされた。

「ごめんね、寂しい思いさせて」

「出張、二週間じゃなかったんですか？　まだ十二日しか経ってないのに」

「急いでやること終わらせて、一番早い便で帰ってきた。あ、もちろん仕事はちゃんとしてきたから安心して。陽芽に早く会いたくて、とにかく必死だったんだ」

「そんな……、無理しないでください」

少し体を離し彼の顔を確認してみると、うっすらクマが浮かび、顔色から疲労が見て取れた。

「私のためにがんばりすぎて、体壊すなんて絶対イヤですよ」

「違う。俺が早く帰ってきたかったんだ。俺にとっての原動力は今、全部陽芽だから」

宰さんがさらに私を抱き寄せるから、私は彼が座る椅子の端に片膝をつき、彼の肩に手をやってバランスを保った。

「……ねぇ、陽芽。もう、俺のことは飽きちゃった？」

「え？　飽きる？」

なんで私が宰さんに飽きてしまうんだろう。言葉の意味はわからないけれど、宰さんの声色はとても真剣で、私は黙って彼の様子をうかがった。

「こんなに長く放ったらかしてごめんね。してほしいことがあったら、なんでも言ってよ。君のためなら、なんでも叶えてあげるから。行きたいところも、ほしいものも、食べたいものも……」

宰さんは顔を上げ「なにがいい？」と尋ねる。けれどその表情はどこか不安げで、まるで迷子になった子供みたいに見えた。

いつもと違って彼を見下ろしているからか、なんだか守ってあげないといけない気持ちになる。

腰に絡む宰さんの腕が強さを増す。その緊張を解くように、私は彼の背中を優しくさすった。

「……宰さん、だったら静かなところでふたりっきりで、ゆっくり過ごしたいです」

私の言葉に、拍子抜けしたらしく、少し体を離しポカンと呆けた顔で私を見上げた。

「私、珍しい食べ物も手間暇かかったお料理も好きですけど、宰さんと一緒にいられるならそんなのどうでもいいんです。だって、宰さんと食べたらどんなものでも、最高においしいに決まってるから」

私は手を移動させ、宰さんの顔を手のひらで包み込んだ。手のひらに感じる冷たさや表情のこわばりが、彼の緊張を伝えている気がする。

「私はただ宰さんのそばにいたいんです。ただ隣にいるだけで、私は最高の幸せ者なんですよ」

真っ直ぐ見つめてくる彼の瞳の深さに、飲み込まれてしまいそうだ。

私は瞳を閉じ、そっと宰さんの唇に口づけた。触れたか触れていないかわからないくらいの感触で顔を離す。それだけでもかなり恥ずかしくて、私は視線をソワソワとさまよわせた。

「陽芽、今……」

「い、言わないでください、恥ずかしいっ」

「君がこんなことしてくれるなんて……、幸せすぎる。早く帰ってきてよかった」

そう言って宰さんはもう一度私の体に抱きついた。体にかかる圧力が、同じように心臓にまでかけられているみたい。ギュウッと苦しくなって、でも、とても温かい。

「陽芽、幸せ者は俺の方だ」

「……宰さん？」

「ありがとう。君を好きになってよかった」

宰さんはそれからしばらく、私の体をずっと抱きしめていた。私はそのまま、ずっと彼の頭を抱き寄せてそのやわらかな髪をなで、至福の時間を味わった。

＊＊＊

出勤時刻をいつもより三十分早め、私はコンビニへ向かう。目的地はお菓子コーナーだ。

『きゃ〜〜‼　本当に並んでる！』

陳列棚に見覚えのある商品を見つけた私は、思わず発狂しそうになった。

『chocolat・arome』

ついこの前、プロジェクトは無事に終了し、今日はその商品の発売日だった。

感動で涙が出そうになる。私は軽く鼻をすすり、箱をひとつ手に取ってレジへと向かう。

コンビニを出て、さっそくひとつ口に入れた。甘くとろけ、まろやかに馴染む味。鼻に抜ける爽やかな香り。ひと粒で至福の世界へ誘われる。

すごくいい商品で、胸を張って勧められる。そして、この商品をこれからもっとたくさんの人のもとに届けることが、広報部である私の仕事なんだ。

もうひと粒口に入れ、私は会社までの道を進む。

ここからが本当の勝負どころだ。この商品をより多くの人に好きになってもらうために、もっと宣伝していかないと。

大変に見える道もむしろ楽しみとさえ思えるのは、きっと宰さんが一緒にいてくれるからだ。彼が支えてくれていると思うから、不安があっても乗り越えられる。

宰さんが私のことを原動力だと言うのと同じように、私も彼といると、もっと強い自分になれる気がするんだ。

うしろから爽やかな風が吹く。それに後押しされるように、私は会社までの道を急いだ。

ふたりの関係はノーリバウンド

『chocolat・arome』の発売から一ヶ月。商品は着実に売り上げを伸ばしていて、プロジェクトチームのみんなとは、そろそろ次作を出していい頃では、なんて話もあがっている。

そっちももちろん気になるけれど……、今日は兎にも角にも待ちに待った宰さんとのデートの日だ。

けれど、どこに行くかということはまだ不明なまま。宰さんからは『連れて行きたいところがある』と言われていたけれど、どこか聞いても、『内緒』とはぐらかされてしまう。

とりあえず服装だけは、いつも会社に着てくるようなタイプなら大丈夫と言われている。だから私の今日の格好は、春らしいパステルピンクのセーターに、ウエストにリボンのついたベージュのスカートを合わせた普段のお仕事スタイルだ。

カジュアルな服では入りにくいレストランへ行く可能性もあるから、かっちりめのほうがいいのかなと思ってネイビーのジャケットも羽織る。

準備万端で宰さんの迎えを待っていると、遠くから銀色のスタイリッシュな車が近づいてくる。私の前で止まると、その車の助手席側のパワーウインドウがゆっくりと下がった。

「お待たせ、どうぞ」

「失礼します」

助手席のドアを開け、ふかふかのシートに乗り込む。シートベルトをして顔を上げると、こちらを見てはにかむ宰さんの視線とぶつかった。

「なんか久しぶりだと緊張するね」

「……私もです」

お互い仕事が忙しかったから、デートはかれこれ三ヶ月ぶりになる。

しかもそのデートは付き合ってすぐ、ご飯を食べに行っただけで、本格的なデートなんて初めてに近い。

彼がアクセルを踏み込むと、静かに車体が動き出す。

「連れていきたいところって、どこですか？　いい加減教えてください」

「俺の行きたいところ」

「えー、そんなのわかりませんって」

「すぐ近くだよ」

　尋ねても笑ってはぐらかすばかり。たしかにインターチェンジを通りすぎたから、それほど遠くには行かないみたいだ。

　しばらくすると宰さんはハンドルを切り、とある敷地に入っていった。連れてこられたその建物を眺め、私はただ呆然としていた。

「あの、ここものすごい豪邸のようなんですが……、お店かなにかですか？」

「ん？　ここ、俺の実家」

　彼の言葉を聞いて、目の前が真っ白になる。頭がクラクラして、倒れそうになった。

　まさか、宰さんの連れてきたいところが実家だったなんて！　思いつきもしなかった自分を呪ってやりたい気分だ。

「どうして前もって言ってくれなかったんですか？　せめて朝言ってくれれば服装考えたのに……！」

　それに、心づもりとか、準備とか。そういうことももっとちゃんとしたかった。

　我を忘れ、怒り口調で詰め寄る私を、宰さんは頭や肩をなでてなだめた。

「ごめん。言ったら、陽芽は緊張しちゃうと思ったんだ。俺の親は、ふたりとも細かいことは気にしないタチだから、礼儀作法とかはそこまで意識しなくて大丈夫だし」

「でも、もし失敗してすごく嫌われちゃったら……！」

「俺は、そのままの陽芽が好きだから。なんの準備をしてなくても堂々と紹介できる。それに、絶対うちの親も気に入ってくれるって自信があるよ」

顔を上げると、宰さんの瞳が『俺を信じて』と訴えている気がした。

とりあえず、スカートは膝丈だから大丈夫。着ているジャケットはフォーマルにも対応できるものだし、メイクも適度に抑えている。

私は覚悟を決め、車から降り目の前に立ちはだかる大きな建物を見上げた。

この豪邸が、宰さんの実家。自分とは違う世界にいる人なのだと改めて思い知らされる。

でも、宰さんが選んで連れてきてくれたんだから。私はそう自分を励まし、玄関の中へ一歩踏み入れた。

しばらく待っていると、奥からご両親共々、出迎えに来てくれた。

「おかえりなさい、宰。待ってたわよ」

「ただいま。この子がこの前言ってた佐伯陽芽さん」

宰さんに紹介された私は頭を下げ、笑顔で挨拶した。

「はじめまして、佐伯陽芽と申します。宰さんと、お付き合いさせていただいてます」

「ようこそ、陽芽さん。会えるのを楽しみにしてたわ」

社長と宰さんって、あんまり似てないって思ってたけど、近くで見ると目がそっくりなんだ。輪郭がお母さん似だから、そんな印象を抱いてしまったのかもしれない。

三人に共通して見られるのは、穏やかな雰囲気とにこやかな笑顔だ。

「さ、ふたりとも入って。もう準備は整ってるから」

「あぁ。さ、陽芽。どうぞ我が家へ」

私はフワフワのスリッパに履き替え、彼らの広々としたリビングへと向かった。

テーブルの上には、グラタンや彩り豊かなサラダなどが並ぶ。どれもおいしそうで、口内が唾液であふれていく。

「若い女の子が来るって聞いたから、がんばっちゃったわ」

「え、これ、お母さんが作られたんですか？」

お母さんは私の問いに『ふふ』とやわらかい笑みで返事をした。

「好きなの、料理。掃除はちょっと手が回らないから、ハウスキーパーさんにお願いしてるんだけど」

「私、食べることが大好きなんです。こんなに素敵な料理を用意してくださったなんて、とてもうれしいです。ありがとうございます」

そう言うと、お母さんは目を輝かせ、さらに作った料理についての説明を続ける。楽しそうに話す姿は、とてもかわいらしく思えた。

「ほら、ふたりともお腹空いてるんだからその辺りにしなさい。せっかく作ってくれた料理が冷めるのも残念だし」

「そうね、いただきましょ！」

私たちはテーブルを囲んで座る。お母さんの作った料理はどれもおいしかった。とくに手作りのホワイトソースを使ったグラタンはレストラン級で、私は舌鼓を打った。

「お母さん、本当に料理お上手なんですね。まるでプロみたい……」

「あら、そんなふうに言ってくれるなんてうれしいわぁ。遠慮せずどんどん食べてね、陽芽ちゃん」

「はい、いただきます」

はじめこそ緊張していたけれど、お父さんもお母さんも言っていた通り本当に気さくな人で、次第に私は自然体で会話を楽しんでいた。

お母さんなんて私のことを〝ちゃん〟付けして呼んでくれるから、親しい雰囲気に、社長の奥さんだということを忘れてしまうくらいだった。

最後のデザートまで楽しみ、食後にはお父さんが淹れたコーヒーをいただく。

豆の良し悪しなんてあまりわからないけれど、鼻に抜けるナッティな香りは上品な雰囲気を漂わせていた。

会話が途切れ、みんながコーヒーを楽しんでいるとき。お父さんがカップを置き、急に姿勢を正して宰さんに向き直った。

「宰、念のために聞いておくが……、お前は自分が部下に手を出すっていうのは、どういうことなのか、ちゃんとわかってるんだろうな」

一層低い声でゆっくりと告げられるその言葉に、お父さんの真剣さを感じ取る。宰さんが姿勢を正したのに合わせ、私も背中をぐっと伸ばした。

「あぁ、もちろんだ。今すぐというわけにはいかないけど、俺は陽芽と真剣に付き合ってる」

真っ直ぐに届けられる声に私までドキドキする。

すると宰さんはテーブルの下でそっと手のひらを握ってきた。私が横目で見上げると、宰さんはうれしそうに私を見つめていた。

「そうか……。それだけ覚悟してるならいいだろう」

するとお父さんは、今度は私に視線を向ける。

「陽芽さん、少し子供くさいところもある息子ですが、どうぞよろしくお願いします」

「こ、こちらこそ、よろしくお願いいたします」

お母さんとふたりそろって頭を下げられてしまい、私は恐縮しつつ頭を下げた。

お父さん、お母さんに見送られながら、また私は宰さんの車に乗って帰路につく。

私の膝の上には、お持ち帰りさせてもらったグラタンがのっかっている。

「素敵なご両親ですね。穏やかで、優しくて、ご飯もおいしくて……」

「ふふ、ご飯が入るところが陽芽らしいね」

「宰さんと似ていて、とても居心地がよかったです」

初めて会うのに、お父さんに至っては自分の会社の社長だというのに、最後にはほとんど緊張せず過ごしていた。

宰さんの言う通り、あらかじめ言われていたら緊張しすぎてしまっていたと思う。

突然で驚いたけれど、ちゃんと挨拶できてよかったと今、心から思うことができた。

「ねぇ、陽芽。さっき親父に言った『真剣』って意味、わかってる？」

問いかけられた私は運転する宰さんを見つめる。

「え……、真面目ってことですよね？　つまり、二股とかではないという……」

「それは大前提でしょ。そんな軽薄そうに見える？　俺」

自分のうかつな発言に慌てて口を押さえる。でも、『真剣』ってほかにどんな意味があるだろう。

車はちょうど赤信号で停車する。すると宰さんは膝の上に置いた私の手のひらに自分の手を重ね、そっとささやいた。

「俺はこの先一生、陽芽以外の隣に立つつもりはないってことだよ」

いつもの甘く誘うときとは違う真面目な声色に、ゾクリと背筋を這う感覚が襲う。

え……この先一生？　それってつまり……。

言葉の裏を読み取った私は、驚きで言葉を失った。

「さっきは親父たちの前でなし崩しになったけど、また改めて言うよ。……でも俺は本気だから、それは覚えててね」

私を見つめるその瞳には、彼の真剣さが映し出されている気がした。

信号が青に変わり、宰さんはまたアクセルを踏み込む。

私の心臓はまだ乱暴に主張して、呼吸を乱させる。それでも独特な高揚感が私を包み込んでいた。

一生、この幸せが続いてほしい。私は心の中でひっそり、そう願った。

＊＊＊

人が賑わう土曜のランチどき、私と加奈子は待ち合わせをしていた。

「遅くなったけど、『chocolat・arome』成功おめでとう。よくがんばったよね」

「ありがとう、加奈子」

今日は、プロジェクト成功祝いとして、加奈子が奢ってくれるのだという。でも、私の栄養管理に厳しい加奈子がそう簡単にご褒美をくれるはずもなく……。来ているのは、ヘルシーだけどおいしいと評判のカフェレストランだった。

「そういえば最近、彼氏様は忙しいみたいじゃない。会う時間は取れてるの？」

「そうなんだよね。職場でも会う機会が減っちゃって……」

プロジェクトが成功したことを受け、宰さんは管理職としての仕事をさらに任されるようになった。おかげで、広報部にいることは少なくなり、今は部長代理の人が宰さんの仕事をほとんどやっている状況だ。

そろそろ昇格の時期か？なんて噂もあって、宰さんはかなり忙しい状況にある。

「前、デートできたのはいつごろなの？」

「んーと、……二週間前？　帰宅時間が合ったから、家まで送ってもらって……」

「それ、ただの送迎じゃないの」

「……別にいいでしょ。それに、今夜一緒に夕食食べることになってるし」

加奈子の鋭いツッコミにいじけながら、私は雑穀米の野菜たっぷりハヤシライスを頬張った。

たとえ送迎で短い時間だったとしても、私にとっては大事なデートだ。お互いの仕事の状況を伝え合えるし、愛の言葉もささやいてくれる。それに……、最後には絶対甘いキスをしてくれるんだから。

「……あ、今ヤラシーこと考えてるでしょ」

「んなっ……！　ち、違うからっ」

「はいはい、会える時間は少なくても、ふたりはラブラブですもんね。ごちそうさまです」

加奈子はあきれたようにそう言い、豆腐サラダをつつく。

「でも本当、よくやってるよね。『もっと時間取って！』って怒りたくならない？」

「そりゃ寂しいけど、仕方ないことだから。……もうそろそろ慣れないといけないんだけど、やっぱり難しいね」

宰さんが社長令息で、将来この会社を背負う存在だということは、付き合う前も付き合ってからも、何度も理解した。そのはずなのに、やっぱりそばにいられないと寂しい。

少し会えないだけで悲しくなってしまう自分は弱いのかな、と最近不安に感じてしまう。

「陽芽、そんなもの慣れることないよ」

「え……？」

「富士崎部長が社長の息子だって事実を受け入れるのと、寂しさを誤魔化すのはちょっと違うと思う。ちゃんと寂しいときは『寂しい』って言わないと。つらいなら伝えなきゃ。多分離れていることに慣れたら、恋人は終わっちゃうと思う」

加奈子の言うことは一理あると思った。

『慣れなくていい』と言われたら気持ちがホッとした。そうか、これって普通のことなんだな。

「だから、今夜のデートはとことん甘えなね。たまには困らせるのも、女の仕事じゃない？」

「なっ……！　困らせるなんてハードル高すぎだって……！」

「なに言ってるのこれくらいで。エクササイズ感覚で、楽しんじゃいなよ」

加奈子はケロッとした表情で言うけれど、そんなこと私には別次元のお話に思える。

でも、せっかく久しぶりに会える日をとことん楽しむという考えには大賛成だった。

彼と会うまであと数時間。その瞬間を想像したら、口もとは自然と緩んでいた。

＊　＊　＊

「ごちそうさま。すごくおいしかった、ありがとう陽芽」

「宰さんのお口に合ってよかったです」

加奈子と別れてから、私は宰さんのマンションを訪れていた。休日出勤して忙しかった宰さんを気遣い、今日はお家デートにした。食料品を持ち込んで、私の手料理を振る舞ったのだ。

「じゃあコーヒー淹れるから、陽芽はソファ行って待ってて」

「あ、私やりますよ」

「いいからいいから。ご飯は作ってもらっちゃったし、これくらいは俺にさせて」

自分の方が疲れているはずなのに、率先して宰さんは立ち上がりキッチンへ向かう。

たしかに、私より慣れている宰さんにやってもらったほうがいい。けれど、ただソファで待つだけは寂しくて、私は彼のいるキッチンへと向かった。

「ん？　どうしたの陽芽」

「ちょっと見学をと思って……」

彼の背中越しに顔を覗かせると、コーヒー特有の芳しい香りに包まれる。宰さんは器用に均等に、挽いた豆へとお湯を注いでいく。

じっと、彼の背中を見つめていたら、だんだん恋しさがわき上がってきた。

そっと彼の背中に触れ、そのシャツをつまむ。すると宰さんは動きを止めて、不思議そうに私を見下ろした。

「陽芽？　どうしたの危ないよ」

「あのですね、宰さん……。ひとつ、おねだりがあるんですが……」

「え？　なになに、なんでも言って」

「えっと、コーヒー飲んだ後でいいんですけど、もちろん、できたらでいいんですけど……ちょっと、甘えさせてもらってもいいですか？」

私のおねだりに、返事はない。ちらりと視線を上げると、宰さんが無表情で私を見下ろしていることに気がついた。

「陽芽……」

「ご、ごめんなさい。図々しか……きゃあっ」

私が悲鳴をあげたのは、突然宰さんに抱きかかえられたからだ。

宰さんはいわゆるお姫様抱っこの状態で私を運ぶと、ソファに座り込んだ。そのまま体を包み込まれ、強い圧迫感に息が止まりそうになった。

「ごめん、陽芽。食事よりもコーヒーよりも、まずは君を優先させるべきだった」

「そ、そんな、ご飯は大事ですから……」

宰さんは膝にのせた私をぎゅっと抱きしめる。

突然の行動に驚きつつも、彼の体温とその圧力にホッとした。肩の力が抜けていって、自分はこの安心感を求めていたんだと納得する。

「今夜はこれから、陽芽を存分に甘やかしてあげるから。あとほかにしてほしいことは？　遠慮せずなんでも言って」

「もう、こうやってもらえるだけで十分です……」

というか、これだけでも私にはハードルが高いくらいだから、こうも簡単にクリアされると途方にくれてしまう。

加奈子に言われたから、ちょっと困らせてもいいのかなと思ってあんなことをねだってみたけれど、困るどころか喜んで受け入れてしまうだなんて。宰さんはもしかしたら、ラスボス級にレベルの高い相手かもしれない。

「やっぱり、私にこんなエクササイズは、ハードなんですぅぅ……」

「……エクササイズ？　それってどういう意味？」

宰さんは私の言葉に首を傾げつつ、背中に流れた髪に指を絡め優しく梳《す》いていた。

「陽芽は我慢強いから、して欲しいこととかをあんまり言ってくれなくて心配になる。そんなにいい子じゃなくてもいいんだよ」

宰さんの言葉に、ちょっと罪悪感が残る。だって、我慢強かったら『甘えていいですか』なんて頼まないはずだもん。

「宰さん、私、そんなにいい子ちゃんじゃないです……」

「……それは、どういうこと？　どんな悪いことをするのか教えてよ」

「だって私、多分すっごく重い女なんです。宰さんと会えないと寂しくてたまらなくて、宰さんのことになると全然我慢ができないんです。早く帰ってきてほしいし、もっと抱きしめてほしい。ほかの女の人と仲良くしゃべってたら、悔しくてたまらなくて……」

いろいろ並べ立てていたら、宰さんがニヤニヤ笑っていることに気がついた。あきれられたのかなと不安になり、私は眉尻を下げた。

「……そんなに笑うくらい引いちゃいました？」

「違うよ。うれしすぎて、にやけが止まらないだけだ」

そう言って宰さんは私をまた抱きしめる。思いもよらない反応に私は目を瞬かせた。

「重いなんて思うわけがない。言っておくけど、重さについては俺負けてないからね。これまでいったい何回、陽芽に近づく男たちに嫉妬してきたか……」

平然と紡がれる言葉に、顔が火照っていく。私は恥ずかしさを誤魔化すように、顔を宰さんの厚い胸板に押しつけた。

「……ねぇ、陽芽。実は俺、陽芽と会うまでは恋愛はしないつもりだったんだ」

宰さんに耳もとでそうささやかれ、私は彼の方へちらりと視線を向けた。宰さんは安心させるように私の頭をなで、手を重ね指を絡めてきた。

「昔から俺に声をかけてくる女の子は、俺の地位と財産しか見てなくてさ。お金のかからない平凡なデートとかすると、彼女たちの顔がガッカリしてて……俺自身、すごく冷めた気分になったよ」

「でも、本気の人もいたんじゃないですか？」

「そうかもね。でもその子たちも、忙しくて一緒に過ごす時間がなくなると、じきに冷めていくんだ。その繰り返しで、結局長続きはしなかったなぁ」

笑いながら話しているけれど、ときどき見せるつらそうな表情に私まで苦しくなり、手のひらには自然と力がこもっていた。

たぶん宰さんが女性と長続きしなかったのは、女性に飽きやすいわけでも、恋人に対しておざなりだったわけでもない。きっと、宰さんは過去の彼女たちにも真剣に接していて、でも、彼女たちはそうではなかったんだ。

彼はひとり、自分の置かれた境遇を受け入れていったのだろう。

「それからはもう恋愛はあきらめて、この会社のために生きていこうって決めたんだ」

「そんなことがあったんですね……」

「あきらめたら楽だったけどね。言い寄ってくる女性にも、期待しないで済んだし。でも、陽芽と会って……、自分のものにしたくなっちゃったから、本当に困ったよ」

そう言って宰さんは少し体を離し、私をじっと見下ろしてきた。彼の瞳の真剣さに、いつもとは違う緊張感を覚え、体が固くなる。

「説明会で会ったとき、名前を聞かなかったのは賭けだったんだ。もう一度会えたら、この子を信じてみようって決めた。だから陽芽と再会したとき、本当に会いにきてくれたんだって、すごくうれしかったよ」

私がひとり、宰さんにバレないよう画策していた間、そんなふうに思っていてくれたんだ。

「それなのに、なかなか打ち明けられなくてごめんなさい……」

「謝らないで。俺も、なかなか決心できなかったんだ。距離が近づいて好きになればなるほど、『あなたとはやっぱり無理だ』って断られたらどうしようって、不安だった。……でもそんなとき、陽芽が『そのままの俺がいい』って言ってくれたから、俺は覚悟を決めたんだ」

宰さんの手のひらにさらに圧力がかかる。呼吸さえ慎重になる緊張感に、私の心臓は高鳴っていく。

宰さんの一挙一動に心臓の音が増強するから、うるさくてならない。

お願い、もっと静かになって。彼の言葉をひと言たりとも聞き逃したくないんだ。

私たちの声以外聞こえない静かな空間で、私は必死に耳をすませた。

「俺のそばで、一生笑っていてほしい。一生、俺の味方でいてほしい。……俺と、結婚してください」

どこから取り出したのか、彼の右の手には小さな箱があった。それを開けると、中から指輪が出てくる。

それに釘づけになったまま、私の口からはしゃくり声が漏れ出す。宰さんのプロポーズに答えることもできず、広い胸に飛び込んだ。

感じたことのない幸福に、心がもたない。涙がこぼれて気持ちがあふれて、私は彼の胸でただ泣き崩れていた。

宰さんは笑いながら、私の背中を優しくなでてくれる。

「あのさ、ちゃんと言葉がないとやっぱり不安なんだよね。さっきからドキドキしっぱなしで……。だから、返事を聞かせてくれるとうれしいんだけど」

宰さんの言うことはもっともで、私の背中をさするのとは反対の手の中には、いまだ指輪の入った小箱が開けられた状態で収められている。

私は宰さんから離れ、姿勢を正した。

私も、宰さん以外の人なんて、考えられない。

「はい。私をあなたの隣に置いてください」

宰さんは深く息を吐き、はにかんだ笑顔を私に向けた。

小箱から指輪を取り出した彼に合わせ、左手を差し出す。薬指を冷たい感触がすり抜けていき、それは私の指にピッタリとフィットした。

「ピッタリ……」

「よかった」

「どうしよう。これじゃもう太れません……」

太るときって指まで太っちゃうから、リバウンドしたらはめられなくなっちゃう。

真剣な悩みなのに、宰さんはケラケラと笑い声をあげた。

「笑わないでください、真面目に言ってるのに……」

「ごめんごめん。でも安心していいよ。入らなくなったら、俺がまた新しいのをプレゼントしてあげるから」

「そんな勿体ないこと、できません」

私は、薬指で特別な光を放つ石をじっと見つめる。

何度プレゼントされても、婚約指輪はひとつだけだもん。ほかのどれも代わりにはならない。

「大事にします。この指輪を一生着けていられるように」

そう宣言すると、彼はご褒美とでもいうように私の唇に甘いキスを落とした。

＊　＊　＊

すっきり澄み渡った晴天の日。私は純白のドレスに身を包み、高い空を見上げた。

あの雲、ドーナツみたい……。

ひとつだけぽかんと浮いている雲を窓越しに眺めながら、私はそんなことを考えていた。

「ドーナツみたい、って考えてる？」

「わ！　宰さん……」

うしろから声をかけられ振り向いたら、白いタキシードを着た宰さんが立っていた。

いつもと違ってかき上げられた前髪が、彼の輪郭の美しさをさらに際立たせている。

普通の人だと少し違和感の残る白いタキシードも、宰さんが着たらまるで王子様みたいだ。

「かっこいい……」

「陽芽も、すごく綺麗だよ」

宰さんは私の上から下まで眺め、うれしそうに微笑んだ。

「やっぱりこのドレス似合ってる」

「たくさん試着させてもらったから、よかったです」

私の最大の難点だったドレス選び。太かった頃の名残、二の腕のたるみを露わにしてはいけない！と、オフショルダーのドレスを必死になって探した。おかげで、胸もとから袖にかけてレースで作られている素敵なドレスが見つかったのだ。

その代わり背中はパックリ割れた形になっていたから、ここ最近まで密かに背筋を鍛えることになってしまった。式中はベールで隠れるからいいとしても、披露宴では隠せないからね……。

そういえば……。

「宰さん、馴れ初めエピソード、本当にやるんですか？」

「当然でしょ。来てくれるみんな、気になるところだと思うけど」

「だって、ふたりの馴れ初め話したら、自然と私が元ぽちゃ子だってバレちゃうじゃないですか～……！」

式の打ち合わせのとき、宰さんが調子よく説明会のことや再会したときのことを話してしまったのだ。担当の人も『それはおもしろい！』と盛り上がってしまい、馴れ初めエピソードで私の秘密は明かされることになった。

「このこと、うちの会社じゃ加奈子と田嶋くんしか知らないんですよ？　清水先輩にも言ってなかったのに……」

今さらだけれど、逃げたくてたまらない。眉をひそめうなだれると、なぜか宰さんは黙り込んでしまった。

「……なんで田嶋が知ってるの？　俺、聞いてないけど」

急に冷えた空気に、体が硬直する。

しまった……。ふたりきりで食事したあの日のこと、宰さんには話してなかったんだった。

「ええっと、それはまだ付き合う前の話でして……。ふたりきりだったので、田嶋くんが仕方なく助けてくれたというか……」

「ふーん。『ふたりきり』ねぇ……」

ヤバい、火に油注いじゃった！

さらに顔をこわばらせる私に、宰さんは恐ろしいほどのスマイルを向けた。

「今夜、ゆっくり聞かせてね。奥さん」

「は、はい……」

私、新婚初日からどうなっちゃうのかな。恐ろしすぎるから、この後のことは考えないことにした。

「……そういえば今回の披露宴、テレビ局も入ることになっちゃってごめんね」

宰さんは小さな声で申し訳なさそうにつぶやいた。

日本の食品産業を担う富士崎製菓の令息の結婚とあって、ニュースなどでも報道されることになるらしい。

そのため披露宴会場には、テレビ局のカメラが一時入り、披露宴後には簡単なインタビューも予定されるという。まさか、自分がそんなものを受けるようになるなんて思わなかった。

「平気ですよ。うちの親なんか、はじめはかなり緊張してたのに、すぐに『一張羅《いっちょうら》着ないと！』って、張り切ってました」

「普通の、静かな結婚式にしたかったんだけどね」

宰さんの表情は変わらず落ち込んでいるように見える。

私は手を伸ばし、彼の顔を包み込んだ。

「結婚式は最重要事項じゃありません。私にとって大事なのは、宰さんと結婚できるってことです」

宰さんが富士崎製菓という日本を代表する大企業の社長令息であることは、変えられない事実。

彼に関わる全部を含めて、私は宰さんのそばにいる決心をしたんだ。

「私は、平社員でも、部長でも、社長でも、どんなあなたでも愛してますから」

宰さんの表情がどんどん和らいでいく。彼は同じように、私の顔を包み込んだ。

「俺も、君が太っていても痩せていても変わらず愛してるよ」

彼の言葉に笑い声が漏れてしまう。でもその言葉は本心だと信じられた。

見た目だったり立場だったり。それに対する周りからの勝手な意見に翻弄されながら、私たちは生きている。その荒波の中、『この人だけは自分の味方だ』と思える人に出会えたのは奇跡かもしれない。

きっとこの人となら、これから先に待ち受けるどんな高波だって、楽しんで立ち向かっていける。どんな自分も受け入れられる、この人と一緒なら。

明るい未来に思いを馳せながら、私たちは深く深くキスを交わした。

特別書き下ろし番外編

やめられない、止まらない

　朝、目が覚めるとまず、腕の中にいる陽芽の存在を確認するのが俺の日課だ。彼女はまだすやすやと眠っていて、俺は安眠を妨害しないよう注意を払いながら、そっと彼女に触れる。

　陽芽と結婚してから数ヶ月経った。彼女が隣で眠っているという事実にまだ慣れることができず、俺は毎朝感動を覚えていた。

　やわらかな髪に長いまつ毛。ぷっくりと膨らんだ唇は、朝から俺を無意識に誘う。細い首筋をなで、そのまま華奢な肩、そして魅惑的な二の腕へと手をすべらせた。普段は『太っていたときの名残があるから見せられない』と服の袖で隠されてしまうここは、陽芽のレアな魅力のひとつだ。

　やわらかさを堪能する手の動きに陽芽は小さく身じろぎしたけれど、眠りの誘惑には勝てないようで、再び幸せそうな寝顔を浮かべていた。

　さんざん触っても起きないのをこれ幸いと、俺は彼女の首筋に顔を寄せる。

　すると、俺の動きを邪魔するように機械音が鳴り響く。それは枕もとにある陽芽の携帯電話だった。

手を伸ばして画面を確認した俺は、表示される名前に眉根を寄せた。受話ボタンをタップし耳にあてると、聞き覚えのある耳障りな声が飛び込んでくる。

『あ、佐伯ちゃん？ 長谷だけど。休みの日にごめんねー』

「悪いと思ってるなら、かけてくるな」

低い声でつぶやいた返答に一瞬沈黙したが、すぐにそれは笑い声に変わる。

『なんだ、宰か！ いいのかよ、奥さんの携帯に勝手に出て。まさかお前、携帯のパスワード突き止めて浮気調査するタイプか？』

「陽芽の携帯は俺と同じ機種で、パスワード入れなくても電話には出られるんだよ。それに、陽芽が浮気なんかするか」

俺の反応に悪友の直樹はゲラゲラと大笑いしている。

陽芽と直樹を初めて会わせたとき、直樹にはさんざん牽制をかけておいた。だから、これくらいの惚気は今更だ。

あの頃はまだ陽芽と付き合ってはおらず、告白さえしていない状況だったこともあり、なんとかして敵を減らそうと必死だった。それも今思えば、懐かしい記憶のひとつだ。

俺は陽芽を起こさないようにと、ベッドを出てリビングへ移動しソファに腰掛けた。

『しかし、宰がここまで嫁一筋になるなんてなぁ』

「なにを感慨深げに言ってるんだか……」

まるで兄貴のような言い方をする直樹に、口もとを歪めため息をついた。

とはいえ、三十路を超えた自分がここまで溺れるような恋をし、結婚してからも相手を束縛するほどの執着を抱くことになるなど想像もしていなかった。

「そういえばこの前、披露宴の写真届いたぞ。やっぱり直樹に頼んでよかったよ、ありがとな」

『かわいい佐伯ちゃんも撮れたし、俺からしてみたら役得だったよ。……いやでも、ふたりの馴れ初めは笑ったよな。佐伯ちゃんはずっと顔真っ赤にさせてて、ちょっとかわいそうだったけど』

数ヶ月前に執り行われた披露宴での出来事を思い出し、俺の口もとは緩む。

披露宴では俺と陽芽の馴れ初め——つまり、陽芽が今よりかなり太っていた頃の出来事を話すことになった。陽芽は終始真っ赤な顔でうつむいていて、そんな彼女を見るのもなかなか乙なものだと、軽いイタズラ心を抱いたのを覚えている。

もちろん、陽芽を恥ずかしがらせるためだけに馴れ初めを披露したわけではない。

そもそも、ふたりの成長記録として過去の写真を出すことになっていたから、陽芽が以前太っていたことが周囲に知られるのは避けられなかった。だったらせめて、俺がその姿のときからすでに彼女に恋していたことが伝わればと、披露宴で馴れ初めエピソードを盛り込むことに決めたのだ。

『あの話聞いて、宰にとって佐伯ちゃんはやっぱり特別なんだってよくわかったよ。あんなに淡白だった宰がなんでここまで、って、正直不思議だったからさ』

直樹の言う通り、俺は人間関係、とくに恋愛に関しては冷めた考え方をしていた。陽芽へのプロポーズのときに打ち明けたように、誰とも恋愛はしないで生きていこうと決めていたくらいだった。

俺の人生を変えたその日の記憶は、いまだに鮮明に残っている。

陽芽と初めて会った説明会で、彼女の体型はたしかに多くの人の視線を集めていた。もちろん、俺も彼女に注目していた内のひとりだ。けれど俺が引きつけられたのは、異性から体型について嘲られても変わらない、陽芽の魅力的な笑顔だった。

俺自身昔から、周りからの心ない陰口や中傷を聞き流してきたけれど、あんなふうに屈託ない姿であしらうことはできなかった。そもそも俺が人に向けるのはいわゆる営業スマイルで、彼女のように素の自分をさらけだせたことなどほとんどなかった。

彼女の裏表ない姿を見た瞬間、自分との違いを見せつけられ、陽芽に惹かれたのだ。

その後ふたりきりで話しているうちに、くるくる変わる表情や、思ったことをそのまま打ち明けられる素直さに魅了され、気づけば完全に恋に落ちていた。

『……おーい、聞いてるか？　佐伯ちゃんに報告したいことがあったから電話したんだけど、伝えてくれないなら一回切るぞ』

電話口から聞こえる直樹の声によって、現実に引き戻される。陽芽との思い出に浸りすぎて、すっかり直樹の存在を忘れていた。

「……あぁ、悪い。電話してたこと忘れてた」

『本当ヒドいよな、お前は……』

直樹は深くため息をつくと、陽芽への連絡事項を告げる。俺はメモ用紙を取り出し、その内容を書き留めた。

『じゃ、佐伯ちゃんに連絡頼んだぞ。一応、またメールはしておくから』

「あぁ、わかった。……ところで直樹、いまだに『佐伯ちゃん』ってなんだよ？　陽芽はもう『富士崎』になったんだぞ」

『だったら、『陽芽ちゃん』とでも呼べば満足？』

「それは却下だ」

即答する俺に直樹はまた笑い声を漏らす。まるで、俺がそう答えると見越していたかのような反応だ。

『わかってるよ。だからあえて、そのままにしてやってるんだから。……じゃあな。また宰にも電話するから』

そう言うとあっさり電話を切られた。自由奔放な直樹にため息をつき、俺は陽芽の携帯電話をローテーブルに置く。

起きてしまったからどうせならと、コーヒーメーカーをセットし、いつもの朝の準備を始めた。

「ん〜……、宰さん、おはよぅ」

ちょうどコーヒーが入り、独特な香りがリビングまで広がってきたとき、目もとをこすりながら陽芽が寝室から姿を現す。その無防備な様子に口もとを緩ませながら、

「おはよう、陽芽」と告げた。

「宰さん今日も早いね。昨日も遅くまで仕事で、帰ってくるの遅かったのに」

「この時間に起きるのが習慣になってるからね。……あぁ、そうだ。さっき陽芽の携帯に直樹から電話が来たんだ。内容はあそこにメモしたから、また見ておいて」

テーブルに置いたメモを指差すと、陽芽はまどろみつつしばし考え、そして何かに

気がついたのか急に目を見開いた。

「え？　え⁉　なんで宰さん私の携帯の電話に出られるんですか？　まさか宰さん、私のパスワード知ってるんですか⁉」

いきなり慌てだした陽芽に笑いが漏れる。真っ赤な顔で慌てる陽芽は本当にかわいくて、もう少しいじってみたくなった。

「俺がパスワード知ってると、なにか不都合？」

「不都合っていうか……、別にやましいことはないんですけど。でも、なんか、やっぱり恥ずかしいじゃないですか、あのパスワードは！」

「ふぅん、そんな恥ずかしいパスワードなんだ……」

椅子から立ち上がり、陽芽のそばまで来て腰に腕をまわす。いきなりの行動に陽芽は困惑し、「な、なんですか……？」と様子をうかがっていた。

「知られて恥ずかしいパスワードっていったいどんな番号なの？　教えてよ。まぁ、パスワード入れなくても電話には出られるんだけどね」

その瞬間、陽芽は自分の勘違いに気がついたようだ。俺の手から慌てて逃げ出そうとするけれど、それを許すわけがない。

絡める腕に力を込め、陽芽の体を持ちあげる。以前の体型だったならまだしも、五十キロ減量した彼女の体は、俺の力で容易に抱えあげられるくらい軽い。

「っきゃー‼　なんで持ちあげるんですかっ」

「逃げようとしてるから、退路を塞いじゃおうかと思って。さぁ、ホラ。素直に吐けば楽になるよ？」

　まるで犯人を追い詰める刑事のように、笑顔で彼女を問いただす。陽芽は初めこそ抵抗していたけれど、逃げられないことがわかると顔を赤らめつつ、降参した。

「……ぜ、０３６３《おさむさん》、です……」

「え？」

　声はかすかだけれど、告げられた番号もその語呂合わせの意味も、はっきりわかった。問い詰めていたのはこちらのはずなのに、俺の顔はカアァと熱くなっていく。

「陽芽、それは……」

「わー！　だから言いたくなかったんですよ！　ドン引きされるのわかるから‼　ヤダ、もう！　すぐ変えますから、降ろして！」

　また俺の腕の中でジタバタしはじめた陽芽をそのまま運び、ソファに寝転ばせる。逃がさないよう馬乗りになると、陽芽は顔を真っ赤にさせこちらを睨んでいた。

「なんでそんな悔しそうな顔するの？」

「だって、こんなパスワード重いじゃないですか。結婚してもう何ヶ月も経つのに……」

「なに言ってるの。『重い』なんて思うわけないのに」

なだめるため赤くなった丸い頬に手をすべらせると、その肌のやわらかさと吸い付きのよさにため息が漏れる。きっと俺は、この肌の魅力に一生飽きることはないのだろう。

「陽芽が恥ずかしいことを告白してくれたわけだし、俺もひとつ秘密にしてたことを教えてあげようかな」

「えっ、なんですか？　教えてください！」

陽芽の顔がパアッと明るくなり、目をキラキラ輝かせる。わかりやすい反応に俺は笑みを浮かべた。

頬から手を離し、陽芽の顔の横に腕をつく。耳もとに顔を寄せ、緊張で固まる陽芽に言い聞かせるようにゆっくりささやいた。

「今まで秘密にしてたけど、朝起きたら、俺は陽芽の好きなところをひとつひとつ確認してるんだよ。陽芽を起こさないように優しく、そっと、こんなふうにね……」

ルームウェアから伸びるやわらかな脚をなでると、陽芽は「ひゃあっ」とかわいい声をあげた。思ったとおりの反応に、口角が自然と上がってしまう。

「やっぱり起きてるときのほうがいいね。そんな声聞くと、もっと触りたくなる」

「なんなんですか、結局私が恥ずかしい思いしてるじゃないですかっ！　ていうか、今触る必要はないんじゃないですかっ⁉」

「やめてあげる気はさらさらないけど……？」

啞然とする陽芽を見下ろし、手のひらに力を込める。

「陽芽のここ、大好きなんだよね。やわらかくて、触り心地がよくて……、癖になる」

「……もうっ！　私が嫌がってること知ってるくせに……！」

「嫌がってるから、余計にかわいがりたくなるんだよ。陽芽が自分の魅力にもっと気づくようにね」

陽芽が赤面し押し黙ったのをいいことに、深く唇を重ねる。従順に俺の動きについてくる陽芽に、俺はほくそ笑んだ。

自分がこれほど、ひとりの人に執着するようになるとは思わなかった。ここまで人を愛せるとも思っていなかった。

俺をこんなふうにしたのはまさに彼女で、彼女の隣にいるとき俺は、本当の笑顔を浮かべられるんだ。

たっぷり堪能してから唇を離し、息を整える彼女の頭を優しくなでる。

「陽芽には、俺をこんなふうにした責任をとってもらわないとね。簡単に放してなんてあげないから、ちゃんと覚悟してよ。わかった？」

自分の人生も価値観も変えてしまった彼女を手放すなんて、俺には想像もできない。

けれど、陽芽はその言葉になぜか眉根を寄せ、俺をじっと見つめてきた。

「……なに言ってるんですか。私も簡単に離れるつもりはありませんからね？　宰さんこそ、覚悟してくださいよ！」

こんな状況になっても強気な発言をする陽芽に、俺は目を丸くする。独占欲をあらわにしたつもりだったが、逆に応戦されてしまうとは思わなかった。

予想外な彼女の反応に、いつも俺は驚かされる。それもきっと、彼女に飽きない理由のひとつだろう。

「本当に君には敵わない」

彼女の顔を包み込み、再び唇を近づける。けれどそれを邪魔するように、ローテーブルに置いた陽芽の携帯電話が再び鳴りはじめた。

「あ、電話……んっ！」

言葉を封じ込めるように、強く唇を押しあてる。陽芽ははじめ軽く抵抗していたけれど、それも次第に弱くなっていった。

陽芽が眠っている間ならまだしも、ふたりでゆっくり過ごせる時間をやすやすと邪魔させるわけにはいかない。なにせ、俺たちはまだ〝新婚〟なのだから。

とっておきの免罪符を手にした俺は、悪びれもせず悠々と彼女との時を堪能しはじめたのだった。

幸せ、増量中

「う……えええええぇぇぇ⁉」

朝の洗面所、私はひとりとんでもない唸り声をあげた。

私の足もとにあるのはデジタル体重計で、そこに表示されているのは五十キロという数字だ。

ついに……、この日がやってきてしまった。三キロの体重増加。結婚してから初めての大ピンチ到来だ。

どうしよう、どうしよう～！　最近、調子にのってオヤツ食べすぎちゃったからなぁ。ご飯もおいしかったから、ちょっと……いや、結構多めに盛っちゃったし。

宰さんとの時間を大切に、って思っていたから、運動もストレッチも怠けてしまっていた。

私は体重計を戻し、「はあぁぁ……」と深くため息をついた。

宰さんと結婚して、まもなく二年目に突入する。この一年、次期社長の妻として大変なこともあったけれど、それも彼の支えで乗り切れた。

そもそも彼のそばにいられるのだから、どんなことも苦になるわけがない。それにどちらかと言えば、宰さんの大きな腕の中に守られてることの方が多いくらいで、ストレスなんて感じることもなく、私はぬくぬくと暮らしている。もしかしたら結婚前よりも、平穏な生活かもしれない。

「ちょっと、甘やかしすぎたかな……」

「なに？　俺のこと？」

「ひゃあぁぁ⁉」

突然うしろから声をかけられ、口から心臓が飛び出そうなほど驚いてしまった。振り返ると、そこにいたのは旦那様の宰さんだった。

まだルームウェアスタイルの私とは対照的に、彼はワイシャツを着てきっちりネクタイまでしめている。

「おはよう……。びっくりしたぁ」

「おはよ。ごめんごめん。なんか『甘やかしすぎた』って言ってたから。俺のことかなと思ってね」

太ったことは聞かれてなかったんだ、とホッとする。

『婚約指輪をずっと着けられるように、決してリバウンドはしない』と誓ったのに、一年でこのザマなんて知られたくなかった。

「そう。宰さんが甘やかすから、私、どんどん怠けちゃうなって……」

「あ、そっちか。……んー、そうかなぁ？　俺は普通だと思うけど。それより、陽芽の方が俺のこと甘やかしてると思うよ」

「え？　なんで？」

「だってさ……」

そう言って宰さんは、唐突に私の唇を塞いだ。受け入れ態勢のできていない私は、反射的に肩をすくめてしまう。けれど徐々に緊張をほぐされ、唇は容易に錠を解いた。

朝にしては濃厚な口づけによって、頭にモヤがかけられていく。さんざんもてあそんでから、宰さんは私を解放した。

「急にこういうことしても、許して受け入れちゃうし？」

「これは……、不可抗力！」

『ていうか、ただキスしたかっただけでしょ！』という抗議の瞳なんて、彼には効果ないことくらいわかっている。

宰さんは真っ赤な顔で睨みつける私を、一年前と変わらない力強さでうれしそうに抱きしめた。

「それに、休日出勤ばかりの夫を怒りもせず許してくれるなんて、すごく甘やかされてると思うけど……」

「それはだって、仕方ないことだから……」

「俺はちょっとくらい、駄々こねてほしいのに。陽芽が『ここにいて』ってねだったら、喜んで仕事休めるんだけど……」

「ダメです！　私のせいで宰さんが仕事休むなんて、許しませんからっ」

宰さんは「ちぇ、真面目だなぁ陽芽は」とつぶやいてから、私の体を離した。

「じゃ、俺もう行くね」

「え！　朝ごはんは？」

「ごめんね。朝イチで会議が入ったんだ。もう下に車待たせてるから……」

そんな……、ただでさえせっかくの休日に出勤することになってしまい、せめて朝ごはんくらいはゆっくり食べようと思っていたのに。

でも、自分で仕事優先と言ったからには、引き止めることなんてできない。

「……わかった。がんばってね、宰さん」

「いつもありがとう。帰ってきたら、夕飯一緒に食べようね」

宰さんは私の頭を優しくなでてから、颯爽と洗面所を出ていく。

慌てて追いかけ、ジャケットを羽織った宰さんに鞄を手渡した。

「いってらっしゃい。待ってるからね」

精いっぱいの笑顔で送らなきゃ、と寂しい気持ちを抑えて告げる。

すると宰さんは、なぜか困ったような表情を浮かべた。

「……そういうことするから、行きたくなくなるんだってば」

宰さんは私の手ごと鞄を握って、そのまま反対の腕で私を抱きしめた。

わけのわからない私は、何度も瞬きして状況把握を試みる。

「えーっと、……そういうことってなんのこと？」

「ん？　こっちの話だよ。我慢して必死でこらえる奥様を置き去りにするという残酷さを俺が持ってるかどうかっていう……」

必死で我慢してることバレてるー‼

赤い顔を隠すように彼の胸に押しつける。宰さんはそんな私をくすくすと笑いながら、こめかみに口づけた。

「おとなしく待ってるんだよ、奥様。……愛してるからね」

耳もとでささやかれた言葉に呆気に取られている間に、宰さんは手をひらひら振って出発してしまった。

扉が閉まってからしばらくして、私はパタパタと顔をあおぎ、上昇した熱を逃がした。

一年経つのに、彼の甘さにはまだ慣れない。やっぱり甘やかされてるのは私の方な気がするなぁ。

私は台所へ向かい、ひとり寂しくご飯を盛った。いつも通り大盛りにしてしまったことに気がつき、悩みに悩んだ末それを半分に減らした。

まずは炭水化物をカットしよう。ストレッチとウォーキングも強化して……。宰さんに甘えるんじゃなくて、ちゃんと愛される努力をしなくちゃね。

宰さんの妻として、富士崎製菓次期社長の妻として、がんばらなくちゃ。

いつもより隙間の空いた茶碗に寂しさを覚えつつ、私は自分を律するために「マイナス三キロ、マイナス三キロ」とつぶやいた。

＊　＊　＊

ダイエットを始めて少しすると、すぐに効果が出始めた。ただ今、体重は四十八・五キロ。目標まであと少しだ。

よーしよし、いい調子だぞ。あとは、最近少しお腹の調子が悪いから、それがスッキリするとかなり落ちる気がするんだけどな。

私は鼻歌交じりで台所で料理に励む。今日のメニューは生野菜のサラダに、豚肉と温野菜の柚子ポン酢かけ。体型の割にはしっかり食べる宰さんのために、お肉料理も追加した。

それに今日は、雑穀ご飯にしたんだよね。白米よりもダイエット向きだっていうから、緊急時のお助けアイテムでよく使っている。

「ん、おいしそうな匂いだね、陽芽」

「でしょ。もう少しでできるからね～」

台所を覗く宰さんに笑顔で応え、コンロのスイッチを切る。

食器棚からお茶碗を取り、炊飯器を開けるとフワッと蒸気が上がる。

ん～、炊きたてのご飯って大好き。お米ひとつひとつが立ってると、テンションも上がっちゃうんだよね！

いつものように香りを胸に吸い込む。けれどそのとき感じたのは、いつもと異なる衝撃だった。

慌てて炊飯器の蓋を閉じ、ひとつ唾を飲み込んだ。

「どうかした？　陽芽」

私の異変を感じ取った宰さんが私の様子をうかがってくる。私は正直に、その異変を訴えた。

「宰さん、ちょっとご飯の香り嗅いでみてくれる？　なんか、いつもと違うっていうか……、悪くなってるのかな」

宰さんは私のもとへ来て炊飯器を開ける。私は一歩離れ、その香りを遠ざけた。いつも好きだったはずなのに、なぜか今その香りがとても不愉快だった。

「んー、わからないなぁ。いつも通りだと思うけど？」

「そっか、それならいいんだけど……」

ホッと胸をなでおろし、お茶碗によそう。けれどやっぱり、違和感は残っていた。どうしたんだろう、風邪かな。胃腸風邪とかありえるかもしれない。やだなぁ、宰さんに迷惑はかけたくないし。うつしちゃマズい。

食欲がないならちょうどよいと、私はご飯をいつもの半分くらいにとどめ食卓へ持っていった。

それを見て、いつもの食事量を知っている宰さんは首を傾げた。

「あれ？　ご飯それだけ？」

「うん、なんか食欲ないみたいだし」

「ふーん……？」

不思議そうな表情で私の顔を覗き込むと、宰さんは私の頬をそっと包み込んだ。

「陽芽が食欲ないなんてありえない。なにかあった？」

「ちょっ……、失礼じゃないですか!?　私も人並に、体調の悪いときくらいあるんだから！」

「体調悪いの？　じゃあ無理しちゃダメじゃん。ご飯食べたらすぐ休みなね」

「え……、いや、そこまでじゃないけど……」

急に甘やかしモードになった宰さんに気づき、私は慌てて方向転換を試みる。このままいくと、ベッドに寝かしつけられる可能性もあるから、たまったものじゃない。

「今日は休みで、しっかり疲れも取れたし大丈夫。それより、宰さんが休まなきゃ」

「でも、今がんばりすぎたら次の日に響くよ。これで明日の朝、悪化してたらどうするの」

「でも、ご飯食べたら食器の片づけがあるし……、お風呂だって入ってないし」

「片づけは俺が後でしておくから。お風呂は……、俺が入れてあげようか」

「なっ……！　結構です!!」

「遠慮しなくてもいいのに。俺が綺麗に洗うこと、よく知ってるでしょ」

知ってるからこそ、任せられないんですってば！　隅々まで見られることがわかるから、ダイエット中の今はとくに、明るい中ですべてを晒すことなどできるわけがなかった。

「とにかく大丈夫だから……、って、ちょ、なんで膝にのせるの⁉」

「ん？　ご飯も食べさせてあげようかなと思って。はい、あーん」

「そ、それは本当にいいから……んむっ」

生野菜サラダのトマトを口に入れられ、私はそれを咀嚼する。

宰さんの甘い瞳に見つめられると、さっきまで感じていた気分の悪さも吹き飛んでしまったみたいだ。

「おいしい？　もっといる？」

「おいしい、けど……、味がわからないのでもう勘弁してください……！」

私は彼の膝から降り、自分の椅子へと戻った。

結婚してから、宰さんは惜しみない溺愛を施してくれる。それは私にはもったいないほどのもので、だからもっと彼に見合う女性になりたいと願ってしまうのだ。

この幸せを守るためにも、やっぱりダイエットがんばらなきゃ。

彼の朗らかな笑顔を真正面から見つめ、私はその思いを新たにした。

＊＊＊

宰さんは今仕事がかなり忙しいらしく、私はひとり休日を持て余していた。

普段だったら、家事をしてたまにおやつしたり、加奈子とお茶にでかけたりするところだけれど、今日はそのどれもやる気になれなかった。

お腹空いた……。でも、ご飯は食べたくない。この前感じた違和感はいまだに私を襲い、食べたいという気持ちを削いでいた。

それなのにお腹は減り、途方もない気持ちになっていたとき、私はとんでもない食べ物を見つけてしまったのだ。

私は台所へ行き、隠しているその食べ物を取り出した。

「ちょっとなら、いいよね」

私は言い訳するようにそう言って、ポテトチップスの袋を開けた。

なぜかポテトチップスは、気持ち悪くなることなく食べることができるのだ。もともと大好きなものだったから、余計に食べる量は増えてしまう。

「……あ、なくなっちゃった」

気づけば、ポテトチップスひと袋をひとりで完食していた。最近はこんなことがときどきある。

私は自己嫌悪で、「あぁぁ～……」と唸ってテーブルに突っ伏した。

どうしよう、またやっちゃったよ……。ダメってわかってるのに。

だいたい、休日なのに宰さんがいないのが悪い。だから私はひとりの時間を過ごさないといけなくて、ひとりでポテトチップスをひと袋食べちゃうことになっちゃって。全部宰さんの仕事のせい……、とまで考え、自分のとんでもない思考に愕然とした。

私、なんてことを考えてるんだろう。仕事を優先してほしいと言ったのは私で、それも受け入れて彼のそばにいる覚悟を決めたはずなのに。

情けなくて不甲斐なくて、瞳に涙が滲む。私はそれを手の甲で強く拭った。

やだなぁ、こんなことで泣いちゃうなんて。もっと、宰さんの妻として強くならなくちゃいけないのに。頬を軽く叩き、自分を叱咤する。

今日、宰さんは会食だから夕食はいらないと言っていた。ポテトチップスを食べてしまったから夕飯は抜きにして、先にお風呂に入って気持ちをリセットしよう。

そう思い立ち、準備をしてすでに湯を張った風呂場へと向かった。

湯船に浸かってほっとひと息つく。お腹に目をやると、さっきのポテトチップスのせいかほんのり盛り上がっている。

それを長く見ていたくなくて、私は足早に湯船から上がった。

体を拭いていると、洗面所の角に置かれた体重計が目に入る。少し悩んだけれど私は覚悟を決め、恐る恐る体重計にのった。

変わる数字をじっと見守っていると、その表示は五十キロを示した。

胸の中に冷めた空気が広がっていく。

当然だよね、あんなに食べちゃったんだもの。

そう納得はできても、どうして結果が出ないのかと、もどかしくなる。

なんでうまくいかないんだろう？　こんなにがんばっていて、すごくつらいのに、先が見えなくて苦しくてたまらない。

頭の中をグルグルとマイナス思考が巡り出し、そればかりに支配される。けれど、玄関から「ただいま」という愛しい人の声がして、体重計を見つめたままだった私は顔を上げた。

慌しく服を着てから玄関まで行きその姿を見つけると、彼に思い切り抱きついた。

「おかえりなさい、お疲れ様……」

「ただいま、陽芽。遅くなってごめんね」

宰さんは私の首筋に顔を埋め、息を吸い込む。

「お風呂入ったんだ。いい香りだね」

扇情的な彼の瞳に煽られた私は、背伸びして唇に口づけた。

「どうしたの、陽芽。なんだかいつも以上に積極的だね？」

「宰さんは、こんな私、嫌……？」

宰さんを見上げ、熱のこもった視線を送った。

今日はとことん、彼に甘えたかった。疲れているからダメだとわかっているけれど、彼の優しさに包まれて愛されたかったのだ。

「嫌なわけないよ。大好きだ」

その言葉に歯止めがきかなくなった私は、宰さんの首に腕を回し彼の体を引き寄せ、何度か唇を優しく合わせた。教えてもらったように徐々に動きをつけていくと、彼もそれに応えてくれる。

「……陽芽、これは誘ってるってことだよね？」

息継ぎの間に紡がれる宰さんの挑発的な言葉に一瞬ためらったけれど、素直にうなずく。

するとと彼は私の腰へ腕を絡め、背中を壁に押しあてさらに深くキスを求めてくる。

「……っ、ちょ、待って息が……」

「ごめん。いつもと違う陽芽に興奮した」

荒い呼吸を整える私を気遣ってか、宰さんは肩や背中、腰をなでる。けれど、適確にそれは私を煽っていて、服の端から侵入する熱い手に反応した私は腕に力を込めた。

「陽芽、ますます抱き心地がよくなった気がするね」

宰さんは耳もとで熱っぽくささやいた。けれどそのひと言で、ぼやけていた思考は一気に覚醒する。

今、宰さんなんて言った？　『抱き心地がいい』って……、それってつまり……。

「……それって、太ったってこと？」

私の問いかけに、宰さんは手を止め、私を見下ろした。その表情はひどく戸惑っている。

「え？　陽芽、なんでそうなるの」

「だって、抱き心地いいって、やわらかいってことでしょ。ぷにぷにってことじゃないっ‼」

「いや、なにも全部そういうことじゃないって……」

「そういう意味なのっ！　やだっ！　離してっ」

パニックになった私は、彼の手から逃れようとジタバタ暴れだす。

さっきまでの甘い空気はどこへやら。あきらかに宰さんが困っているのがわかるのに、止めることができない。

「もうやだっ、離して！　……きゃあっ⁉」

すると急に宰さんは私を抱きかかえ、部屋の奥へと進んでいった。彼は私をテーブルにのせると、じっと下から見据えてくる。

「こ、ここ、ご飯食べるところ……っ」

「陽芽があまりにも落ち着かないから。まだ暴れるようなら、このまま押し倒すからそのつもりで」

本気で告げる宰さんに、私の体は凍りつく。彼は困ったようにため息をつくと、私の背中を引き寄せ優しく抱きしめてくれた。

「ちょっと落ち着こうか。俺は陽芽のこと、太ったなんて言ってないから、断じて」

「じゃ、じゃあどうして『抱き心地がいい』だなんて……」

「俺が言ったのは、俺の手にフィットしてきてるっていう意味だよ。緊張が取れてリラックスしてて、俺に馴染んできたなって。うれしくて言っただけだ」

宰さんの説明を聞いた私は、肩透かしをくらった気分だった。まさかそういう意味だったなんて。早とちりした自分が恥ずかしい。

「ごめんなさい、ひとりでパニックになっちゃって……」

「陽芽、なにか悩んでるんでしょ？　話してよ」

宰さんの追求から逃げたくなるけれど、見上げる宰さんの表情が『絶対逃がさない』と言っていて、私は打ち明けるしかなくなった。

「体重が増えたの、三キロ……」

「……それだけ？」

「だけって……、私にとっては大事《おおごと》なんだから！　このままじゃ、宰さんとの約束が守れないって、またあの見苦しい姿に戻っちゃうって、不安でたまらないのに……」

私は左手をギュッと握りしめる。目もとには涙がたまっていて、それがまぶたの両脇からポロポロとこぼれていた。

「仕事で仕方ないってわかってるのに、宰さんがいないと不安で寂しくて。痩せない体も、嫌な気持ちになる自分も……、全部嫌だったの！」

大きな声で叫び、子供のようにしゃくり声をあげる。宰さんにあたってもどうしようもないことくらいわかっているけれど、この胸のわだかまりをひとりで抱えることはもう限界だった。

泣きじゃくる私をなだめるように、宰さんは背中を優しく叩いてくれた。

「陽芽、俺はここにいるよ。いつでも君のそばで、味方でいる」

「……でも、太っちゃったし。宰さんのこと、おとなしく待ってられないし……」

「太ってもいいんだよ。俺はどんな陽芽でも好きだから。待ってられないなら、ワガママ言ってほしい。俺、そう言ってきたよね？」

「でも、そんなの富士崎家の妻としてふさわしくないから……」

そうつぶやくと、急に宰さんは体を離し私の顔を両側から挟み込んだ。その表情は少し怒っているようにも見える。

「陽芽の努力はすごいよ。ありがたいとも思う。でもね、君はいったい誰の奥さんなの？」

「え……」

「陽芽は富士崎の妻である前に、俺の奥さんなんだ。それを忘れないでよ。富士崎のために無理して我慢するなんて、俺が許さないから」

真剣な表情に、私がとんでもない勘違いをしていたことを思い知らされる。

彼のためにがんばっているつもりだったけど、私はただ無理をして意地を張っていただけだった。ひとりで解決しようとすること自体、大きな間違いだったのだ。

「俺たち夫婦は、ふたりでひとつなんだから」

「うん。そうだよね、ありがとう宰さん……」

宰さんは私の額と額を合わせ、「すぐに気づいてあげられなくてごめん」とささやいた。

「私の方こそ、隠していてごめんなさい」

宰さんに謝らせるつもりなんてなかった。でも、私が我慢するせいで宰さんが申し訳なく思ってしまうなら、ちゃんと気持ちを打ち明けなくちゃいけなかったんだ。

心配をかけたくなくて内緒にしていたけれど、それは逆効果だった。ちゃんと打ち明けなくちゃ、乗り越えていけない。

だって私たちは夫婦で、これからは家族にもなって、幸せな家庭を築いていかないといけないんだから。

「ところで陽芽……」

彼の纏う雰囲気が真剣なものに変化する。さっきの続きかな……。甘い空気を思い出しそっと目を閉じようとしたとき。

「最後に生理がきたのはいつ？」

宰さんのそんなとんでもない問いかけに、私は目を見開いて声をあげた。

「……え？　え!?　そ、そんなこと急に聞かれても、いつなんて……」

「とりあえず、思い出してみてよ」

「えっと……、たしか今月はまだで、先月は……、え、あれ？」

戸惑う私に宰さんは『やっぱり』と言うようにあきれ顔で何度もうなずく。

「いつからきてないの？」

「わからない……。私もともと太ってたときから不規則だったから……」

たしかに思い返してみれば、ここ数ヶ月はいつもと様子が違った。

体重が増えて、食欲も増えて、でも食べ物が気持ち悪くて、しかもイライラしやすい。これはつまり……。

「というわけで陽芽……、一緒に産婦人科に行こうか」

＊＊＊

「おめでとうございます、妊娠八週目ですね」

「八週……」

て私の手を握った。

「お腹の子は順調ですよ。初産婦さんですからこれから慣れないこともあると思いますので、旦那さんも気遣ってあげてくださいね」

優しそうなお医者さんにそう言われると、宰さんは「えぇ、もちろんです」と言って私の手を握った。

診察室を出ても、宰さんは私の手を握ったまま、何度も私の背中をなでていた。

「陽芽、大丈夫？　放心してるみたいだけど」

「うん。なんかまだ信じられなくて。でも、ここに本当にいるんだよね。私たちの赤ちゃんが」

そっとお腹に触れた瞬間、一気に現実味を帯びて目もとが熱くなった。

こんなに幸せな瞬間があるなんて知らなかった。

「宰さん、私たちパパとママになるんだ。すごい……」

「そうだね。……俺がお父さんになるのかと思うと、感慨深いというか、不思議な気持ちだなぁ。もちろん、予想していたことではあるけれど」

宰さんが私のお腹をじっと見つめるから、私も合わせてそこを見る。

「ごめんなさい、多分まだこれ、赤ちゃんじゃなくてほとんど脂肪……」

「……ははっ。なにを言い出すかと思えば。赤ちゃんを守るための覆いってことでしょ。ずっと、俺が気づいていない間も守ってくれてたんだよね」

手のひらに力が込められたことに気づき視線を上げると、彼は私を見つめてすごく幸せそうな笑みを浮かべていた。

「陽芽、ありがとう」

彼の言葉に私は肩の力が抜け、自然とひと筋涙がこぼれた。

＊＊＊

妊娠発覚からしばらく経ち、現在妊娠二十八週。お腹の形もかなりわかるようになり、私は「よいしょ」と言いながら椅子から立ち上がった。

「皿洗い？　俺がやるよ、陽芽」

「過保護すぎです！　これくらい大丈夫だから」

「ダメ。ソファで休んでて」

彼は優しく私の額に口づけると、お皿を台所へ持っていってしまった。

最近の宰さんはことに私を甘やかしていて、うれしいような困るような……。でも、赤ちゃんが産まれたらこうもいかないだろうし、と私は彼の言葉に甘えている。

「どう？　体、大変じゃない？」

「うーん、たしかに腰とか膝とかつらいんだけど。でも、私この子の十倍以上の体重が付いてたこともあったからなぁ」

「くく。逞しいお母さんだね」

大きくなったお腹をなでながら、私は台所に立つ宰さんに苦笑いを送った。

このくらいお腹が大きかったときの懐かしい記憶が呼び覚まされ、感傷に浸る。

あの頃はこんなに幸せなときが訪れるとは思っていなかった。恋することも、ダイエットの成功も、愛され結婚することも夢のまた夢で、願うことすらおこがましく思えた。でも私は今、彼の隣にいるのだ。

食器洗いを終えて隣へ来た宰さんは、私のお腹をさすり顔を緩める。

「男の子、なんだよね……」

「そうだね。……宰さん、なにか思うところがあるの？」

宰さんは相変わらず仕事が忙しいけれど、できる限り検診について来てくれていて、この前宰さんと受診したときに、お腹の子は男の子だと確定した。心なしかテンションの低い声で言われたことが気になり問いかけると、宰さんは苦笑を漏らす。

「いや、陽芽そっくりの女の子をイメージしてたから、ちょっと予想外だっただけ」

「私はすっごく楽しみ、宰さん似の男の子！　いったいどれほどのイケメンに育つかと思うと、もう……！」

「うれしいけど、なんだか複雑だな……。俺は、陽芽似のかわいい男の子に育ってほしいかなぁ」

宰さんはそう言って私のお腹に視線を戻した。

「いったいこの子は、どんなふうに育つのかな」

宰さんは変わらず微笑んで私のお腹をなでている。

どんどんお腹が大きくなって、母親になる実感もわいてきた。でも、同時に不安も大きくなってきている。

「……宰さんは、怖くないの？」

「ん？　なにが？」

「この子をちゃんと育てていけるのかな、ってこと。私は怖い。ただでさえ子育ては大変なのに、この子は将来多分、富士崎家を背負っていくことになるでしょう？　だから……」

富士崎家の令息として、宰さんは周りからの嫉妬を受けることもあった。きっとこの子も、同じように試練を乗り越える必要があるだろう。そんなとき、自分はちゃんと支えてあげられるだろうか……。

不安がっている私の肩を、宰さんはそっと引き寄せ優しくトントンと叩く。

「俺も不安だらけだよ。ちゃんと幸せにしてあげられるのかな、同じような思いをさせてしまわないかな、って。……でも、俺には陽芽がいるから」

もう片方の手が私のお腹に優しく触れる。まるでお腹の子をなでるみたいなその仕草に彼の愛情を感じた。

「俺たちが手本を見せてあげれば、本当の幸せに、置かれた環境や立場は関係ないってことも、わかってくれるんじゃないかと思うんだ」

宰さんの表情は本当に気を許しているものに思える。リラックスした、外とは違う彼の本当の笑顔。それを間近で見られる幸せを、私はしっかりと噛みしめた。

「そうだよね。大事な人がいればつらいことも乗り越えられるんだって、教えてあげなくちゃ」

お腹にあてられた手のひらに手を重ねると、自然な流れで唇が重なる。

宰さんのおかげで私は、幸せに終わりがないことを知った。そしてお腹にいるこの子からも、幸せはどんどん増えるものなのだと教えてもらった。

それを知っている私たちだったら、きっともっとたくさんの幸せを掴めるはずだ。

お腹に小さな動きを感じ、ふたりで目を合わせる。どうやら、宰さんも気がついたみたいだ。

「陽芽。今、動いたね」

「うん、『僕も入れてよ』って言ってるのかな」

「そうかもね。まったく、生まれる前からお父さんを困らせるなんて。……おーい。一応、ママは俺のものだからね」

「ちょっと、ちゃんと仲良くしてくださいよ？　……もう、心の狭いパパで困るね」

幸せの詰まったお腹に手をあてながら、私たちふたりは一緒に笑い声をあげるのだった。

fin

あとがき

はじめまして、またはお久しぶりです、望月いくと申します。この度は私の二度目の書籍化作品となる『溺あま御曹司は甘ふわ女子にご執心』を手に取ってくださり、本当にありがとうございます。

この作品はもともと『ー５０kgのシンデレラ』というタイトルで公開していました。書こうと思ったきっかけは、五十キロのダイエットに成功した女性たちについて扱った番組を見て、その変貌に感動し、そんな強い思いを持った子のお話を書きたい！と感じたことでした。サイトでは、総合ランキング最高十四位。サイトの状況を知っておられる方ならわかるかと思いますが、ファンタジー設定でもないこの順位の作品が、なにかの賞をとることもなく書籍化していただけるなんて、すごく幸運なことなんです！　このような機会をいただけたことに、本当に感謝しています。

ヒーローを御曹司設定にしたのは、前の担当さんからお勧めされた設定のラインナップに『御曹司モノ』が上がっていたからです。それまでは毛嫌いしていたのですが、勧められたからには一回書いてみようと挑戦してみた次第でした。しかしこの宰というキャラクター、私は紳士的な男性として描いたつもりでしたが、感想で『実はドSっ』と言われたり、紳士らしく上品に書いたつもりの部分を担当さんから『ドSな部分があるのによそよそしい』とアドバイスされたりと、なぜか隠れドSキャラを確立していました。たしかにSっぽく書いた部分もありますが、ドが付くほどとは……。ちなみに私は、前の書籍化作品で書いたヒーローも無自覚でドSキャラになっていた前科がありますので、最早これは逃れられない性なのかもしれません……。

最後になりましたが、編集を担当してくださった福島様、ニヤニヤが止まらないほど艶のある可憐なイラストを手がけてくださったイラストレーターのかずいち様。デザインや販売など、書籍化にあたりご協力くださったすべての方々に、お礼申し上げます。そして、この作品を公開中から応援してくださった方、この本を手に取りご購入くださった方、本当にありがとうございました。皆様に、心からの感謝を込めて。

望月《もちづき》いく

望月いく先生への
ファンレターのあて先

〒104-0031
東京都中央区京橋1-3-1
八重洲口大栄ビル7F
スターツ出版株式会社　書籍編集部　気付

望月いく先生

本書へのご意見をお聞かせください

お買い上げいただき、ありがとうございます。
今後の編集の参考にさせていただきますので、
アンケートにお答えいただければ幸いです。

下記URLまたはQRコードから
アンケートページへお入りください。
http://www.berrys-cafe.jp/static/etc/bb

この物語はフィクションであり、
実在の人物・団体等とは一切関係ありません。
本書の無断複写・転載を禁じます。

溺あま御曹司は甘ふわ女子にご執心

2017年10月10日　初版第1刷発行

著　者　望月いく
©Iku Mochizuki 2017

発行人　松島 滋

デザイン　カバー　近田日火輝 (fireworks.vc)
フォーマット　hive & co.,ltd.

校　正　株式会社　文字工房燦光

編　集　福島史子

発行所　スターツ出版株式会社
〒104-0031
東京都中央区京橋1-3-1　八重洲口大栄ビル7F
TEL　販売部　03-6202-0386 (ご注文等に関するお問い合わせ)
URL　http://starts-pub.jp/

印刷所　大日本印刷株式会社

Printed in Japan

ISBN 978-4-8137-0333-4　C0193

『次期社長と甘キュン!?お試し結婚』

黒乃《くろの》梓《あずさ》・著

祖父母同士の約束でお見合いすることになった晶子。相手は自社の社長の孫・直人で女性社員憧れのイケメン。「すぐにでも結婚したい」と迫られ、半ば強引にお試し同居がスタート。初めは戸惑うものの、自分にだけ甘く優しい素顔を見せる彼に晶子も惹かれていき…!?

ISBN978-4-8137-0332-7／定価：本体650円+税

ベリーズ文庫 2017年10月発売

書店店頭にご希望の本がない場合は、書店にてご注文いただけます。

『溺あま御曹司は甘ふわ女子にご執心』

望月《もちづき》いく・著

ぽっちゃり女子の陽芽は、就職説明会で会った次期社長に一目ぼれ。一念発起しダイエットをし、見事同じ会社に就職を果たす。しかし彼が恋していたのは…ぽっちゃり時代の自分だった!?「どんな君でも愛している」——次期社長の規格外の溺愛に心も体も絆されて…。

ISBN978-4-8137-0333-4／定価：本体630円+税

『イジワル社長は溺愛旦那様!?』

あさぎ千《ち》夜春《よはる》・著

イケメン敏腕社長・湊の秘書をしている夕妃。会社では絶対に内緒だけど、実はふたりは夫婦！　仕事では厳しい湊も、プライベートでは夕妃を過剰なほどに溺愛する旦那様に豹変するのだ。甘い新婚生活を送る夕妃と湊だけど、ふたりの結婚にはある秘密があって…？

ISBN978-4-8137-0329-7／定価：本体640円+税

『王宮メロ甘戯曲　国王陛下は独占欲の塊です』

桃城《ももしろ》猫《ねこ》緒《お》・著

両親を亡くした子爵令嬢・リリアンが祖父とひっそりと暮らしていたある日、城から使いがやって来る。半ば無理やり城へと連行された彼女の前に現れたのは、幼なじみのギルバート。彼はなんとこの国の王になっていた!?　リリアンは彼からの執拗な溺愛に抗えなくて…。

ISBN978-4-8137-0335-8／定価：本体630円+税

『狼社長の溺愛から逃げられません！』

きたみ まゆ・著

美月は映画会社で働く新人OL。仕事中、ある事情で落ち込んでいると、鬼と恐れられる冷徹なイケメン社長・黒瀬に見つかり、「お前は無防備すぎる」と突然キスされてしまう。それ以来、強引なのに優しく溺愛してくる社長の言動に、美月は1日中ドキドキが止まらなくて…!?

ISBN978-4-8137-0330-3／定価：本体630円+税

『クールな伯爵様と箱入り令嬢の麗しき新婚生活』

小日向《こひなた》史煌《しおん》・著

伯爵令嬢のエリーゼは近衛騎士のアレックス伯爵と政略結婚することに。毎晩、寝所を共にしつつも、夫婦らしいことは一切ない日々。でも、とある事件で襲われそうになったエリーゼを、彼が「お前は俺が守る」と助けたことで、ふたりの関係が甘いものに変わっていき!?

ISBN978-4-8137-0334-1／定価：本体640円+税

『エリート上司の過保護な独占愛』

高田《たかだ》ちさき・著

もう「いい上司」は止めて「オオカミ」になるから——。商社のイケメン課長・裕貴は将来の取締役候補。3年間彼に片想い中の奥手のアシスタント・紗衣がキレイに目覚めた途端、裕貴からの独占欲が止まらなくなる。両想いの甘い日々の中、彼の海外勤務が決まり…!?

ISBN978-4-8137-0331-0／定価：本体630円+税

『落ちたのはあなたの中』

葉崎《はざき》あかり・著

Now Printing

OLの香奈は社内一のイケメン部長、小野原からまさかの告白をされちゃって!? 完璧だけど冷徹そうな彼に戸惑い断るものの、強引に押し切られ"お試し交際"開始! いきなり甘く豹変した彼に、豪華客船で抱きしめられたりキスされたり…。もうドキドキが止まらない!

ISBN978-4-8137-0349-5／予価600円+税

ベリーズ文庫 2017年11月発売予定

書店店頭にご希望の本がない場合は、
書店にてご注文いただけます。

『医局内恋愛は密やかに』

水守恵蓮《みずもりえれん》・著

Now Printing

医療秘書をしている葉月は、ワケあって"イケメン"が大嫌い。なのに、イケメン心臓外科医・各務から「俺なら不安な思いはさせない。四六時中愛してやる」と甘く囁かれて、情熱的なアプローチがスタート! 彼の独占欲剥き出しの溺愛に翻弄されて…!?

ISBN978-4-8137-0350-1／予価600円+税

『初恋の続きは密やかに甘く』

真崎奈南《まさきなな》・著

Now Printing

千花は、ずっと会えずにいた初恋の彼・樹と10年ぶりに再会する。容姿端麗の極上の男になっていた樹から「もう一度恋愛したい」と甘く迫られ、彼の素性をよく知らないまま恋人同士に。だけど千花が異動になった秘書室で、次期副社長として現れたのが樹で…!?

ISBN978-4-8137-0346-4／予価600円+税

『覚悟なさいませ、国王陛下 ～敵国王のご寵愛～』

真彩《まあや》-mahya-・著

Now Printing

敵国の王エドガーとの政略結婚が決まった王女ミリィ。そこで母から下されたのは「エドガーを殺せ」という暗殺指令! いざ乗り込むも、人前では美麗で優雅なのに、ふたりきりになるとイジワルに甘く迫ってくる彼に翻弄されっぱなし。気づけば恋…しちゃいました!?

ISBN978-4-8137-0351-8／予価600円+税

『副社長は束縛ダーリン』

藍里《あいさと》まめ・著

Now Printing

普通のOL・朱梨は、副社長の雪平と付き合っている。雪平は朱梨を溺愛するあまり、軟禁したり縛ったりしてくるけど、朱梨は幸せな日々を送っていた。しかしある日、ライバル会社の令嬢が強引に雪平を奪おうとしてきて…!? 溺愛を超えた、束縛極あまオフィスラブ!!

ISBN978-4-8137-0347-1／予価600円+税

『冷酷騎士団長は花嫁への溺愛を隠さない』

小春《こはる》りん・著

Now Printing

王女・ビアンカの元に突如舞い込んできた、強国の王子・ルーカスとの政略結婚。彼は王子でありながら、王立騎士団長も務めており、慈悲の欠片もないと噂されるほどの冷徹な男だった。不安になるビアンカだが、始まったのはまさかの溺愛新婚ライフで…。

ISBN978-4-8137-0352-5／予価600円+税

『苦くて甘いルームシェア』

和泉《いずみ》あや・著

Now Printing

ストーカーに悩むCMプランナーの美織。避難先にと社長が紹介した高級マンションには、NY帰りのイケメン御曹司・玲司がいた。お見合いを断るため「交換条件だ。俺の恋人のふりをしろ」とクールに命令する一方、「お前を知りたい」と部屋で突然熱く迫ってきて…!?

ISBN978-4-8137-0348-8／予価600円+税